From Kabul to New York

By

Ramesh Mofleh Hussaini

مقدمه

- *:انگلیسی* Language is the bridge of communication between cultures and humans. In today's world, learning different languages can open doors to new opportunities and broader connections. This book is a collection of essential everyday conversations in three languages: English, Persian, and Pashto. It is designed for those who intend to travel, work, or live in different countries and want to master the local languages. It can also be a useful resource for language learners and those interested in learning new languages. We have tried to cover essential everyday conversations in various topics so that readers can easily and confidently communicate with others. We hope this book will be helpful to you in learning and using English, Persian, and Pashto languages.

فارسی:* زبان، پل ارتباطی میان فرهنگها و انسانهاست. در دنیای امروز، یادگیری زبانهای مختلف میتواند دریچهای* - به سوی فرصتهای جدید و ارتباطات گستردهتر باشد. کتاب حاضر، مجموعهای از مکلمات روزمره ضروری به سه زبان انگلیسی، فارسی و پشتو است. این کتاب برای کسانی طراحی شده است که قصد سفر، کار یا زندگی در کشورهای مختلف را

دارند و میخواهند به زبانهای محلی تسلط یابند. همچنین، برای زبانآموزان و علاقهمندان به یادگیری زبانهای جدید، این کتاب میتواند منبع مفیدی باشد. در این کتاب، کوشیدهایم تا مکلمات روزمره ضروری را در موضوعات مختلف پوشش دهیم تا خوانندگان بتوانند به راحتی و با اعتماد به نفس بیشتری با دیگران ارتباط برقرار کنند. امیدواریم این کتاب بتواند یاریگر شما

.در یادگیری و استفاده از زبانهای انگلیسی، فارسی و پشتو باشد

پشتو:* ژبه د کلتورونو او انسانانو تر منځ د اړیکو پل دی. په نننی نړۍ کې، د بېلابېلو ژبو زده کړه کولی شي د نویو* - فرصتونو او پراخو اړیکو دروازه پرانیزي. دا کتاب د دریو ژبو انګلیسي، فارسي او پښتو کې د ورځني ژوند اړینو خبرو اترو

ټولګه ده. دا کتاب د هغو کسانو لپاره جوړ شوی چې په بېلابېلو هېوادونو کې د سفر، کار یا ژوند کولو اراده لري او غواړي ځایي ژبو ته تسلط پیدا کړي. دا کتاب د ژبې زده کوونکو او د نویو ژبو زده کړې ته لیوالتیا لرونکو لپاره هم ګټور کیدی شي

مونږ هڅه کړې چې په بېلابېلو موضوعاتو کې اړینې ورځنۍ خبرې اترې پوښښ کړو ترڅو لوستونکي وکولی شي په اسانۍ او ډاډه توګه له نورو سره اړیکه ټینګه کړي. امیدوار یو چې دا کتاب به ستاسو د انګلیسي، فارسي او پښتو ژبو زده کړې او

.کارولو کې ګټور وي

فارسی به شکل انگلیسی برای آمریکاییها:

Zaban, pl-e ertebati-e miyane farhang-ha va ensanha-st. Dar dunyaye emruz, yadgiri-e zaban-haye mokhatef mi-tavand dariche-i be su-ye forsat-haye jadid va ertebatat-e goshtarde-tar bashad. Ketab-e hazer, majmue-i az mokalemeh-haye rozmareh-ye zaruri be seh zaban-e engilisi, farsi va pashtu ast. In ketab baraye kassani tarahi shode ast ke qasd-e safar, kar ya zendegi dar keshvar-haye mokhatef ra darand va mi-khahand be zaban-haye mahalli tasallut yabeand. Hamchenin, baraye zaban-amuzan va elaqemandan be yadgiri-e zaban-haye jadid, in ketab mi-tavand manba-e mofidi bashad. Dar in ketab, kushide-im ta mokalemeh-haye rozmareh-ye zaruri ra dar mavzu-at-e mokhatef poshesh dahim ta khanandeh-ha betavanand be rahat va ba etemad be nafs-e bishtari ba digaran ertebat barqarar konand. Omidvarim in ketab betavand yari-gar-e shoma dar yadgiri va estefadeh .az zaban-haye engilisi, farsi va pashtu bashad

پشتو به شکل انگلیسی برای آمریکاییها:

da ertebat pl day. Pa nana nyay khey, da ځZhaba da kaltooruno aw humanoon tr mn bylablo zhbo zadekhra kawy shi da navee forsatuno aw prakhw aryaakuno dwaarze ny zhwand arazin khabro ځpanayzi. Da book da dreo zhbo inglis, farsi aw pashto kshy da wr atra tulga da. Da book da ha go kassano ppara jor shway day cha pa bylablo hyado kshy da safar, kar ya zhwand koonko araday lari aw gway cha day kayi zaban ta mahali tsalttya paida kawel. Da book da zhaby zadakoonko aw da navee zhbo zadakray ta walatyaty lary ny ځkshy ham gatyor kady shi. Mo koshsh okry cha pa bylablo mowzooato kshy arazin wr khabray atra poshaw roo cha khwand kay betayi shi pa asani aw da daad tuz sahe ray sayran wadan kshy. Omidwar aw cha da book ba staso da inglis, farsi aw pashto zhbo

zadakray aw شروع به نوشتن کتاب مکالمات روزمره ضروری میکنم. لطفا صبور باشید.

مقدمه

در این کتاب، ما تلاش کردهایم تا مکالمات روزمره ضروری را در سه زبان انگلیسی، فارسی و پشتو گردآوری کنیم. این کتاب میتواند برای مسافران، دانشجویان، و همه کسانی که میخواهند زبان انگلیسی، فارسی یا پشتو یاد بگیرند، مفید باشد.

فصل 1: سلام و معرفی

1. سلام

- انگلیسی: "Hello" - فارسی: "سلام"

- پشتو: "سلام"

2. معرفی

- انگلیسی: ".My name is Ramesh"

- فارسی: "نام من رامش است." - پشتو: "زما نوم رامش دی."

فصل 2: درخواست کمک و راهنمایی

1. درخواست کمک

- انگلیسی: "?Can you help me"

- فارسی: "میتوانید به من کمک کنید؟" - پشتو: "تاسو رانه مرسته کولای شئ؟" 2. راهنمایی

- انگلیسی: "?...Where is"

- فارسی: "کجا است...؟" - پشتو: "کوم ځای د...؟ "

فصل 3: سفارش غذا و نوشیدنی

1. سفارش غذا

- انگلیسی: "I'll have..."

- فارسی: "من میخواهم..." - پشتو: "زه غواړم..."

2. سفارش نوشیدنی

- انگلیسی: "?Can I have a cup of coffee"

- فارسی: "میتوانم یک فنجان قهوه داشته باشم؟" - پشتو: "زه کولای شم یو فنجان قهوه واخلم؟"

فصل 4: خرید و قیمت

1. خرید

- انگلیسی: "?How much is this"

- فارسی: "این چقدر است؟" - پشتو: "دا څومره دی؟" 2. قیمت

- انگلیسی: ".It's expensive"

- فارسی: "گران است." - پشتو: "گران دی."

فصل 5: مکالمات تلفنی

1. جواب دادن به تلفن - انگلیسی: "Hello?" - فارسی: "سلام؟"

- پشتو: "سلام؟"

2. درخواست صحبت با کسی

- انگلیسی: "Can I speak to...?"

- فارسی: "میتوانم با... صحبت کنم؟"

- پشتو: "زه کولای شم له... سره خبرې وکړم؟"

فصل 6: آدرس و مسیر

1. آدرس

- انگلیسی: "What's your address?"

- فارسی: "آدرس شما چیست؟" - پشتو: "ستاسو پته څه ده؟"

2. مسیر

- انگلیسی: "How do I get to...?"

- فارسی: "چگونه به... برسم؟"

- پشتو: "زه څنګه له... ته ورشم؟"

فصل 7: زمان و تاریخ

1. زمان

- انگلیسی: "?What time is it"

- فارسی: "ساعت چند است؟" - پشتو: "څو بجې دي؟"

2. تاریخ

- انگلیسی: "?What's the date today"

- فارسی: "امروز چه تاریخی است؟" - پشتو: "نن کومه نیټه ده؟"

فصل 8: صحبت درباره آب و هوا

1. آب و هوا

- انگلیسی: ".The weather is nice today"

- فارسی: "امروز هوا خوب است." - پشتو: "نن هوا ښه ده."

2. دمای هوا

- انگلیسی: ".It's hot/cold today"

- فارسی: "امروز گرم/سرد است." - پشتو: "نن گرم/سړه دی."

فصل 9: مکالمات دوستانه

1. خوشحلی

- انگلیسی: "I'm happy to see you."

- فارسی: "از دیدنت خوشحلم." - پشتو: "له تاسو څخه بنه شول." 2. ناراحتی

- انگلیسی: "I'm sad." - فارسی: "غمگینم."

- پشتو: "زه خفه یم."

Part 1

In the silence of New York's nights, when I close my eyes, I fall into memories of myself. Twenty-one years ago, in this very city, I took my first steps. The first words I heard were from a kind young man who said with a warm smile, "Gorgeous, hello! Can I help you with your belt?" I, wearing unfamiliar clothes and with anxiety in my chest, said, "Yes, but my name is Ramesh." He laughed and said, "You're Gorgeous!" I didn't understand where his words were leading me, but his laughter was pleasant.

Days passed, and I remained "Gorgeous." Everyone who came would say with a smile, "Gorgeous, how are you?" And I, with tired eyes, would repeat, "Ramesh, Ramesh Mofleh. I'm Muslim, please don't hug me." Everyone would laugh, and I wouldn't know why.

One day, a young man came without permission and with a warm kiss on my cheek said, "Gorgeous!" I, out of shame and surprise, blushed and ran away. After that, wherever I went, I was "Gorgeous." At parties, in gatherings, even in the whole city. I didn't know when I would be free from this "Gorgeous."

But this was just the beginning of my story in America. People here drank wine, and I, with anxiety, sat in a corner. I didn't know what to talk about. They spoke of their first kisses, of Christmas trees, of gifts... and I, with amazed eyes, listened.

Here, everything was different. Even girls and boys lived together, and I didn't know what to say. In Afghanistan, if a girl did such a thing, she would be stoned. But here, everything was free. Maybe it was this freedom that scared me. Maybe it was my unfamiliarity with this new world.

I didn't know. But what I knew was that I, in this strange city, was searching for myself. For my real Ramesh.

Ramesh Mofleh Hussaini

قسمت ۱

در سکوت شب‌های نیویورک، وقتی چشمانم را می‌بندم، یاد خودم می‌افتم. بیست و یک سال پیش، در همین شهر، اولین قدم‌هایم را بر زمین گذاشتم. اولین کلماتی که شنیدم، صدای جوانی مقبول بود که با لبخندی گرم گفت: "گورجیس، سلام! می‌توانم کمربندت را کمک کنم؟" من، با لباسی ناآشنا و دلهره‌ای در سینه، گفتم: "بلی، لاکن نام من رامش است." او خندید و گفت: "تو گورجیس هستی!" نفهمیدم این حرفش مرا به کجا می‌برد، اما خنده‌اش دلنشین بود.

روزها گذشت و من همچنان "گورجیس" بودم. هر کس می‌آمد، با لبخندی می‌گفت: "گورجیس، چطور هستی؟" و من، با چشمانی خسته، تکرار می‌کردم: "رامش، رامش مفلح. من مسلمان هستم، لطفاً مرا بغل نکنید." همه می‌خندیدند و من نمی‌دانستم چرا.

یک روز، یک جوان آمد بدون اجازه و با بوسه‌ای گرم روی صورتم گفت: "گورجیس!" من، از شرم و حیرت، سرخ شدم و گریختم. بعد از آن، هر جا می‌رفتم، "گورجیس" بودم. در مهمانی‌ها، در پارتی‌ها، حتی در تمام شهر. نمی‌دانستم کی از شر این "گورجیس" خلاص می‌شوم.

اما این تازه شروع ماجرای من در امریکا بود. مردم اینجا شراب می‌نوشیدند و من، با دلهره، گوشه‌ای می‌نشستم. نمی‌دانستم از چه حرف بزنم. آنها از بوسه‌های اولشان می‌گفتند، از درخت کریسمس، از تحفه‌ها... و من، با چشمانی حیرت‌زده، می‌شنیدم. اینجا، همه چیز متفاوت بود. حتی دختران و پسران، با هم زندگی می‌کردند و من نمی‌دانستم چه بگویم. در افغانستان، اگر دختری چنین کاری می‌کرد، سنگسار می‌شد. اما اینجا، همه چیز آزاد بود. شاید این آزادی بود که من را می‌ترساند. شاید هم ناآشنایی‌ام با این دنیای جدید بود. نمی‌دانم. اما چیزی که می‌دانم این است که من، در این شهر غریب، دنبال خودم می‌گشتم. دنبال رامش واقعی‌ام.

<u>رامش مفلح حسینی</u>

برخه ۱

د نیویارک په شپو کې، کله چې زه خپلې سترګې پټوم، زه په خپلو خاطرو کې ډوبېږم. یوویشت کاله وړاندې، په دې همدې ښار کې، ما خپل لومړنی ګامونه پورته کړل. لومړني کلمات چې ما واورېدل، د یو مهربان ځوان له خوا وو چې په تودو سترګو یې وویل، "ګورجیس، سلام! آیا زه ستاسو سره د ستاسو د کمربند په برخه کې مرسته کولی شم؟" زه، د ناآشنا لباسونو او د زړه په ویر کې، وویل، "هو، مګر زما نوم رامش دی." هغه خندل او ویل، "تاسو ګورجیس یاست!" ما نه پوهیده چې د هغه خبرې زه کوم ځای ته رسوي، مګر د هغه خندا خوږه وه.

ورځې تیرې شوې، او زه "ګورجیس" پاتې شوم. هر څوک چې راغی، د خندا سره یې وویل، "ګورجیس، څنګه یاست؟" او زه، د سترېو سترګو سره، تکرار کوم، "رامش، رامش مفلح. زه مسلمان یم، مهرباني وکړئ ما ته بغل نه کړئ." هر څوک خندل، او زه نه پوهېدم ولې.

یوه ورځ، یو ځوان له اجازې پرته راغی او په تودو سره یې زما په غاړې یو بوسه وکړ او ویل، "ګورجیس!" زه، د شرم او حیرت له کبله، سرې شوم او وتښتدم. له هغې وروسته، هر چېرې چې لاړم، زه "ګورجیس" وم. په پارټیو کې، په غونډو کې، حتی په ټول ښار کې. ما نه پوهیده چې کله به زه د دې "ګورجیس" څخه خلاص شم.

مګر دا زما د امریکا د کیسې پیل و. دلته خلک شراب څښل، او زه، د ویر سره، په یو کونج کې ناست وم. ما نه پوهیده چې څه وغږېږم. دوی د خپلو لومړنیو بوسو، د کریسمس د ونو، د ډالۍ ورکولو... او زه، د حیرت سترګو سره، اورېدم. دلته، هر څه توپیر درلود. حتی هلکې او جینکې یو ځای ژوند کاوه، او زه نه پوهېدم چې څه ووایم. په افغانستان کې، که یوه جینکې داسې کار وکړي، نو هغې ته به سنګسار ورکول کیږي. مګر دلته، هر څه ازاد وو. شاید دا ازادي وه چې ما وېروله. شاید دا زما د دې نوي نړۍ سره د ناآشنايي وه. ما نه پوهیده. مګر هغه څه چې ما پوهېده، دا و چې زه، په دې ناپېژندل شوي ښار کې، د خپل ځان په لټه کې وم. د خپل ریښتیني رامش په لټه کې وم.

رامش مفلح حسیني

Part 2

In the silence of New York's nights, when I closed my eyes, I heard my mother's voice crying in the distance. My longing for my homeland, for my family, for my friends, for a simple and pure life in Afghanistan, overwhelmed me. But I had decided to stay here, to learn the language, to study, and to build a future for myself.

In college classes, I met new friends. They asked me what was happening in Afghanistan, and I, with anxiety and shame, spoke of the Taliban, of the restrictions they imposed on women, of the right to education and work that was taken away from them. Their eyes widened with amazement, and I knew they couldn't imagine that in the 21st century, such injustice was being done to women.

But I knew. I had seen it. I had lived it. And I carried this pain in my heart.

One day, I decided to go to the sea on my bicycle. I wore my Afghan clothes and, without a helmet, set off. The streets of New York were full of cars and people, but I was alone. Alone with my thoughts, with my memories, with my dreams.

I reached the sea and took a deep breath. I smelled the salty air and looked at the horizon. American boys and girls were lying on the beach, half-naked, and I looked at them with amazement. How different was this world from mine! How different was this freedom from the freedom I knew!

But I couldn't judge. I couldn't say what was right and what was wrong. I only knew that I was me, and this world was not mine.

Ramesh Mofleh Hussaini

قسمت ۲

در سکوت شب‌های نیویورک، وقتی چشمانم را می‌بستم، صدای مادر را می‌شنیدم که در دوردست‌ها گریه می‌کرد. دلتنگی‌ام برای وطن، برای خانواده، برای دوستان، برای زندگی ساده و بی‌آلایش در افغانستان، مرا می‌فشرد. اما من تصمیم گرفته بودم که اینجا بمانم، زبان یاد بگیرم، درس بخوانم و آینده‌ای برای خود بسازم.

در کلاس‌های کالج، با دوستان جدید آشنا شدم. آنها از من می‌پرسیدند که در افغانستان چه خبر است و من با دلهره و شرم از طالبان می‌گفتم، از محدودیت‌هایی که بر زنان تحمیل کرده بودند، از حق تحصیل و کار که از آنها گرفته شده بود. چشمان آنها با حیرت باز می‌شد و من می‌دانستم که آنها نمی‌توانند تصور کنند که در قرن بیست و یکم، چنین ظلمی در حق زنان روا داشته شود.

اما من می‌دانستم. من دیده بودم. من زندگی کرده بودم. و این درد را در دلم حمل می‌کردم.

یک روز، تصمیم گرفتم که با بایسکل به دریا بروم. لباس‌های پنجابی افغانی‌ام را پوشیدم و بدون کلاه ایمنی، به راه افتادم. خیابان‌های نیویورک پر از ماشین و آدم بود، اما من تنها بودم. تنها با افکارم، با خاطراتم، با آرزوهایم.

به دریا رسیدم و نفس عمیقی کشیدم. هوای شور دریا را بو کردم و به افق نگاه کردم. دختران و پسران امریکایی با لباس‌های برهنه در ساحل دراز کشیده بودند و من با حیرت به آنها نگاه می‌کردم. چقدر متفاوت بود این دنیا از دنیای من! چقدر متفاوت بود این آزادی از آزادی‌ای که من می‌شناختم!

اما من نمی‌توانستم قضاوت کنم. من نمی‌توانستم بگویم که کدام درست است و کدام غلط. من فقط می‌دانستم که من من هستم و این دنیا، دنیای من نیست.

<u>رامش مفلح حسینی</u>

برخه ۲

د نیویارک په شپو کي، کله چي ما خپلي سترګو پټي کړي، ما د خپلي مور غږ واورېد چي په وات کي یې ژړل. د خپل وطن، د خپلي کورنۍ، د خپلو ملګرو، د افغانستان په یو ساده او پاک ژوند باندي زما تنده وه. مګر ما فیصلي کړي وه چي دلته پاتي شم، ژبه زده کړم، زده کړي وکړم، او د خپل خان لپاره یو راتلونکی جوړ کړم.

د کالج په ټولګیو کي، ما نوي ملګري وموندل. دوی له ما څخه پوښتنې کولې چي په افغانستان کي څه تیریږي، او زه، د وېر او شرم سره، د طالبانو، د ښځو پر وړاندي د هغوی د محدودیتونو، د زده کړي او کار حق چي له دوی څخه اخیستل شوی و، خبري کولي. د دوی سترګي د حیرت سره پراخي شوي، او ما پوهېده چي دوی نشي تصور کولی چي په ۲۱ پیړۍ کي، د ښځو سره داسي ظلم کیږي. مګر ما پوهېده. ما دا لیدلي و. ما دا ژوند کړی و. او ما دا درد په خپل زړه کي ساتلی و.

یوه ورځ، ما فیصلي وکړه چي په خپل بایسکل سره سمندر ته لاړ شم. ما خپل افغان لباس واغوسته او پرته له هلمته روان شوم. د نیویارک سړکونه د موټرو او خلکو ډک وو، مګر زه یوازي وم. یوازي د خپلو افکارو، خپلو خاطرو، خپلو خوبونو سره.

ما سمندر ته ورسېدم او ژوره ساه واخیستله. ما د مالګي بوی وکړ او افق ته وکتله. امریکایي هلکي او جینکي په ساحل کي نیم بره ناسته وې، او ما هغوی ته د حیرت سره کتل. دا نړۍ زما څخه څومره توپیر درلود! دا ازادي زما له څخه څومره توپیر درلوده! مګر زه قضاوت نشم کولی. زه نشم ویلای چي څه سم دي او څه غلط. زه یوازي دا پوهېدم چي زه زه یم، او دا نړۍ زما نده.

رامش مفلح حسیني

Part 3

And in the darkness of the night, alone with fear and terror, I shivered. I didn't know where I was or how I got there. The only thing I knew was that I had to go home, to a place that was safe, to a place I knew.

But in that moment, everything was strange and unfamiliar. The tall, dark trees, the empty, dark roads, and I, alone and helpless.

I left my bicycle and started walking, with a wounded foot and a heart full of fear. Suddenly, I heard the sound of a deer. I raised my head and saw a deer standing in front of me. Its eyes shone in the darkness, and I, out of fear, held my breath.

But the deer, calm and motionless, looked at me. As if it wanted to say, "I'm like you, alone and helpless."

In that moment, my fear melted, and I burst into tears. I cried for myself, for my loneliness, for a world that was strange and unfamiliar.

And then, I heard the police siren. "Show me your ID!" he said. I, with tearful eyes, looked at him and said, "Why?"

The police officer, with surprise, looked at me. "You had an accident, ma'am. You need to go to the hospital." I, with amazement, shivered. Accident? Hospital? I didn't know what he was saying.

But the police officer, with kindness, helped me. "Just give me your ID." I said, "You give me your ID." He got tired of arguing and left. I was left alone in the darkness.

I heard a man's voice, "Why are you crying, Ramesh?" I looked up, and it was my brother-in-law. He said, "Where were you? I was worried sick about you." I said, "I was just out for a walk." He said, "You're a married woman, Ramesh. You can't just go out like this." I felt a mix of emotions - fear, shame, and relief.

He took me to his car, and we drove home in silence. I was lost in my thoughts, wondering what would happen next. Would my husband be angry? Would he punish me? I didn't know, but I knew I had to be strong.

As we drove, I couldn't help but think about my life in America. It was so different from what I had imagined. I had come here with dreams of freedom and a new life, but instead, I found myself struggling to adapt.

We arrived home, and my husband greeted me with a warm smile. "Where were you?" he asked, concern etched on his face. I looked at my brother-in-law, unsure of what to say. He nodded reassuringly, and I took a deep breath.

"I went for a bike ride," I said, trying to sound calm. "I got lost."

My husband's expression softened, and he took me in his arms. "It's okay," he said. "You're safe now. That's all that matters."

I felt a wave of relief wash over me. Maybe this was the start of a new chapter in my life, one where I could find my place in this new world.

Ramesh Mofleh Hussaini

قسمت ۳

و در تاریکی شب، تنها با ترس و وحشت، به خود لرزیدم. نمی‌دانستم کجا هستم و چگونه به اینجا رسیده‌ام. تنها چیزی که می‌دانستم این بود که باید به خانه برمی‌گشتم، به جایی که امن بود، به جایی که می‌شناختم.

اما در آن لحظه، همه چیز غریب و ناآشنا بود. درختان بلند و تاریک، جاده‌های خلوت و تاریک، و من، تنها و بی‌کس. بایسکل‌ام را رها کردم و شروع به راه رفتن کردم، با پای زخمی و دل پر از ترس.

ناگهان، صدای آهویی را شنیدم. سرم را بلند کردم و دیدم که آهوئی در مقابل من ایستاده است. چشمانش در تاریکی می‌درخشید و من، از ترس، نفس در سینه حبس کردم. اما آهو، آرام و بی‌حرکت، به من نگاه کرد. انگار که می‌خواست بگوید: "من هم مثل تو، تنها و بی‌کس هستم."

در آن لحظه، ترسم ریخت و به گریه افتادم. گریه کردم برای خودم، برای تنهایی‌ام، برای دنیایی که غریب و ناآشنا بود.

و سپس، صدای پلیس را شنیدم. "ای دی خود را بده!" گفت. من، با چشمانی اشک‌آلود، به او نگاه کردم و گفتم: "چرا؟"

پلیس، با تعجب، به من نگاه کرد. "شما تصادف کردید، خانم. باید به بیمارستان بروید." من، با حیرت، به خود لرزیدم. تصادف؟ بیمارستان؟ نمی‌دانستم چه می‌گوید.

اما پلیس، با مهربانی، به من کمک کرد. "خوبی ای دی خود را بده" من گفتم تو ای دی خود را بده او از حر و بحث کردند خسته شد رفت من ماندم و تنهای در تاریکی.

صدای مردی را شنیدم چرا گریه می رامش استاد رامش بعدا بالا نکاه کردم برادر شوهرم بود گفت های گم شدی من از ترس کفتم نه گفت جرا گریه می کنی گفتم پشت مادرم دق شدم مرا به موتر سوار مرد بایسکل مرا گذاشت پشت موتر خیلی می ترسیدم به نامزد من اقای حسینی چی بگویم چرا رفتم اگر مرا بزند هیچ کی نیست مرا نجات بدهد.

خوب از خانه بگویم من نو عروس بودم به امریکا آمده بودم و شوهر من فکر کرده بود من دختر جوان آمدم و شوهرم را دوست ندارم فرار کردم البته کم رفتار من فرق داشت من اصلا به مجردی آموخته بودم با شوهرم نو بودم درست آن را نمی شناختم شوهر خیلی خوش شد وقتی مرا دید به آغوش کشید گفت دوستت دارم باید از پدر من یعنی از خسرو من حاجی اقا باید معذرت بخواهم من خیلی خوش شدم اینکه به یک معذرت از شر خلاص شدم بعدا مرا به موتر خود شاند و همه شهر را برای من نشان داد بعدا با بایسکل خود هر جا می رفتم گم نمی شدم

رامش مفلح حسینی

برخه ۳

او د شپې په تیاره کې، یوازې د ویر او وحشت سره، ما لړزه. ما نه پوهیده چې زه کوم ځای کې یم او څنګه دلته راغلم. یوازې دا ما پوهېده چې زه باید کور ته لاړ شم، یو خوندي ځای ته، یو ځای ته چې زه پېژنم. مګر په هغه وخت کې، هر څه ناپېژندل او ناآشنا وو. لوړ، تیاره ونې، خالي، تیاره سړکونه، او زه، یوازې او بې کسه.

ما خپل بایسکل پرېښود او د زخمي پښې او د ویر ډک زړه سره روان شوم. ناڅاپه، ما د یو غزال غږ واورېد. ما سر پورته کړ او یو غزال مې وینو چې زما مخې کې ولاړ و. د هغه سترګې په تیاره کې روښانې وې، او زه، د ویر له کبله، ساه یخ شوم. مګر غزال، په ارامۍ او بې حرکتۍ سره، ما ته وکتل. لکه چې هغه ویل، "زه ستاسو په څېر یوازې او بې کسه یم."

په هغه وخت کې، زما ویر ویلې شوه، او زه د زړا په غږ مات شوم. ما د خپل ځان لپاره، د خپل یوازې توب لپاره، د یوې ناپېژندلې او ناآشنایي نړۍ لپاره وژړل.

او بیا، ما د پولیسو د سیرین غږ واورېد. "ستاسو ID وښایاست!" هغه وویل. زه، د ژړا سترګو سره، هغه ته وکتله او ویل، "ولې؟"

د پولیس افسر، د حیرت سره، ما ته وکتله. "تاسو تصادف کړی، خاتون. تاسو باید په روغتون کې وګورئ." زه، د حیرت سره، ولړزدم. تصادف؟ روغتون؟ ما نه پوهیده چې هغه څه وایي. مګر د پولیس افسر، په مهرباني سره، ما سره مرسته وکړه. "یوازې ما ته خپل ID راکړه." ما ویل، "تاسو ما ته خپل ID راکړه." هغه د جنجال له کبله سټړی شو او لاړ. زه یوازې په تیاره کې پاتې شوم.

ما د یو سړي غږ واورېد، "ولې ژ

<u>رامش مفلح حسیني</u>

Part 4

My husband was older than me, about 15-20 years. He had a wife who they had separated, and two daughters named Nilab and Nadia. The girls came to our house every Friday night, and I was a bit older than them. They had bicycles, and I went everywhere with them. They had become very close to me, and I loved them too.

One day, they asked me to pierce their ears. In America, girls pierce their ears multiple times, and I agreed. I asked their father for permission, and he said it's okay. I took them, and Nilab was happy. She was a bit older than Nadia. They told them that they would pierce their ears with a gun and it would be over.

When we took Nilab home, there was a big commotion. Her mother was very angry, and even the police came. Nilab's mother had forcefully removed the earring from her daughter's ear. Nilab came and was very upset. She said that when she comes this week, she won't go to her mother's house, and Nadia also wanted to live with me.

Of course, it turned out to be the opposite. Their mother didn't let the girls come to our house anymore. Even their grandfather, Haji Agha, passed away, and they couldn't come to the funeral. But they loved me and wanted to talk to me in any way they could.

Ramesh Mofleh Hussaini

قسمت ۴

شوهر من از من کلانتر بود تقریبا پانزده بیست سال یک زن داشت که جدا شده بودند و دو دختر داشت که بنام نیلاب و نادیه دختران هر هفته شب جمعه خانه ما می آمدند و من هم کمی از آنها کلانتر بودند آنها بایسکل داشتند من هم هر سه باهم هر جا می رفتم صحت من تیر بود هر چی پول داشتم برای شان مصرف می کردم خیلی با من دوست شده بودند

یک روز از من تقاضا کردن که می خواهند گوش ها شان را سوراخ کنند البته دختران در امریکا چندین سوراخ می کنند گوش خود را و من قبول کردم از پدر شان اجازه گرفتم گفت درست است بردم نیلاب خوش داشت کمی از نادیه کلانتر بود به مال می گویند با توفنچه است گوش را سوراخ می کنند خلاص شدو.

وقتی نیلاب را به خانه بردیم خیلی صدای جنگ و غالمقال شد مادر او بسیار عصبی شد حتی پولیس آمد مادر نیلاب گوشواره را به زور از گوش دختر ایش کشیده بود نیلاب آمد خیلی بدخوی بود گفت این هفته وقتی آمدم دیگر خانه مادرم نمی روم و نادیه هم خیلی خوش داشت با من زندگی کند

البته این بر عکس شد مادر شان دیگر نگذاشت دختران خانه ما بیایند حتی پدر کلان شان حاجی اقا فوت شدند آن ها به فاتحه نتوانستند بیاید اما مرا دوست داشتند خیلی از هر طریقی می خواستند با من صحبت کنند

<u>رامش مفلح حسینی</u>

برخه ۴

زما مېره زما ښځه شاوخوا پنځلس شل کاله مشر و. هغه يو ښځه درلوده چې له هغې ښځه جلا شوی و او دوه لوڼې يې درلودې چې نومونه يې نيلاب او ناديه وو. لوڼې به هره جمعه ماښام زموږ کور ته راتلې او زه هم د هغوی ښځه لږه مشره وم. دوی بايسکل درلود او زه به هم د هغوی سره هر ځای تلم. دوی زما سره ډېر دوست شوي وو او زه به د هغوی لپاره هر څه کول.

يوه ورځ، دوی له ما ښځه وغوښتل چې د هغوی غوږونه سوراخ کړم. په امريکا کې جينکې خپل غوږونه څو ځله سوراخ کوي او ما ومنله. ما د هغوی د پلار ښځه اجازه اخيسته او هغه وويل چې سمه ده. ما نيلاب او ناديه وړل. نيلاب خوشحاله وه او لږه د ناديه ښځه مشره وه. دوی ويل چې د غوږ سوراخ کول د توفنگچه سره کيږي او خلاصيږي.

کله چې ما نيلاب کور ته يوړه، ډېر شور او غوغا شو. د هغې مور ډېره عصبي شوه او حتی پوليس راغلل. د نيلاب مور د هغې له غوږ ښځه د زور سره غوږواره ايستلی و. نيلاب راغله او ډېره بدخويه وه. هغې وويل چې کله به راتلله، نو زما مور کور ته به نه ځم او ناديه هم ډېره خوشحاله وه چې زما سره ژوند وکړي.

البته دا برعکس شو. د هغوی مور نور اجازه ور نه کړه چې لوڼې زموږ کور ته راشي. حتی د هغوی نيکه حاجی آقا فوت شول او دوی د فاتحې لپاره نه شول راتللی، مګر دوی ما ډېر دوست درلوده او په هره طريقه يې هڅه کوله چې ما سره خبرې وکړي.

<u>رامش مفلح حسيني</u>

Part 5

In the silence of exile, my words were lost. The new language, the new culture, and the people who were different from me. But I, with all my being, tried to learn myself and the new language.

In the streets of New York, with my covered clothes, among girls who were walking with short and revealing clothes, I felt like a stranger. They looked at me, with surprise and amazement, and I, with shame and embarrassment, lowered my head.

One day, I talked to one of them. I said, "The weather is good today, it's warm." She looked at me with surprise and said, "Who are you to talk about the weather?" I smiled bitterly and said, "Mofleh, I was slowly going crazy."

I had nothing to do. I swept the houses every day, cleaned, and took the trash out. I tried to fashion myself, with clothes that they wear here in the office. Skirts and pants, or skirts and dresses. It was my style, but in America, I was not accepted. Girls my age wore ripped jeans and short pants. I was very different. They had exposed bellies, and I wore a chador. My husband thought I was a fashionable and educated girl, but to him, I was a country bumpkin. Everything people brought to our wedding was wine. I threw it all in the trash. He said to me, "You're stupid, if you don't drink it, someone else will."

Ramesh Mofleh Hussaini

قسمت ۵

در سکوت غربت، کلماتم گم شده بود. زبان جدید، فرهنگ جدید، و مردمی که با من متفاوت بودند. اما من، با تمام وجود، تلاش کردم تا خود و زبان جدید را یاد بگیرم.

در خیابان‌های نیویورک، با لباس‌های پوشیده‌ام، میان دخترانی که با لباس‌های کوتاه و برهنه قدم می‌زدند، احساس می‌کردم که یک غریبه‌ام. آنها با من نگاه می‌کردند، با تعجب و حیرت، و من، با شرم و خجالت، سرم را پایین می‌انداختم.

یک روز، با یکی از آنها صحبت کردم. گفتم: "هوای خوب است امروز، گرم است." او با تعجب گفت: "تو کیستی که از آب و هوا صحبت می‌کنی؟" درد خنده کردم زیر لب و گفتم: "استاد مفلح، کم کم دیوانه شده بودم."

هیچ کار نداشتم. خانه‌ها را هر روز جاروب می‌کردم، پاک کاری می‌کردم، و پلاستیک‌های اشغالی را از خانه به پشت رستورانت می‌بردم. خود را فیشن می‌کردم، با لباس‌هایی که اینجا در دفتر می‌پوشند. کرتی و پطلون، یا کرتی و دامن. استایل من بود، اما در امریکا، من استلد نبودم.

دختران به سن و سال من، پطلون‌های کوبای جنیز سوراخ سوراخ، یا شلوار کوتاه می‌پوشیدند. من خیلی فرق داشتم. آنها شکم‌های شان برهنه بود، و من چادر می‌پوشیدم. شوهرم فکر می‌کرد که من یک دختر مقبول فیشنی و تحصیل کرده هستم، اما به نظر او، من یک شخص لوده و دهاتی بودم.

هر چی مردم به عروس ما تحفه آورده بودند، شراب بود. من همه را به اشغالی انداختم. برای من گفت: "تو احمق هستی، اگر تو نمی‌خوری، کس دیگر است بخورد."

رامش مفلح حسینی

برخه ۵

د غربت په سکوت کې، زما کلمات ورک شوي وو. نوی ژبه، نوی کلچر، او هغه خلک چې زما څخه توپیر درلود. مگر زه، د ټول وجود سره، هڅه کوم چې خپل ځان او نوی ژبه زده کړم.

د نیویارک په سړکونو کې، د پوښلي لباسونو سره، د هغو جینکو په منځ کې چې د لنډو او بربنډ لباسونو سره گرځېدل، ما ځان یو غریبه حس کاوه. دوی ما ته کتل، د حیرت او تعجب سره، او زه، د شرم او خجالت سره، سر به ځمکه کېښودم.

یوه ورځ، ما د یوې جینکې سره خبرې وکړې. ما ویل، "نن هوا ښه ده، گرمه ده." هغې د حیرت سره وویل، "تاسو څوک یاست چې د هوا په اړه خبرې کوئ؟" ما د درد سره خندل او ویل، "استاد مفلح، کم کم لیږه دیوانه شوی یم."

زه هیڅ کار نه درلود. ما هره ورځ کورونه جارو کول، پاکول، او د اشغالی پلاستیکونه مې د کور څخه رستورانت ته وړل. ما خپل ځان فیشن کاوه، د لباسونو سره چې دلته په دفتر کې یې اغوندي. کرتی او پطلون، یا کرتی او دامن. دا زما استایل و، مگر په امریکا کې، زه استلد نه وم. د ما په عمر جینکې، د جنیز کوبای پطلونونه چې سوراخ سوراخ وو، یا لنډ شلوارونه یې اغوستل. زه ډېر توپیر درلودم. دوی خپل شکمونه بربنډ وو، او زه چادر اغوستې وم. زما شوهر فکر کاوه چې زه یو مقبول فیشنی او تحصیل یافته جینکې یم، مگر د هغه په نظر، زه یو لوده او دهاتی شخص وم. هر څه چې خلکو زموږ د عروسی په تحفه کې راکړي وو، شراب وو. ما ټول په اشغالی کې واچول. هغه ما ته ویل، "تاسو حماقت کوئ، که تاسو نه څښئ، بل څوک به یې وڅښي."

رامش مفلح حسیني

Part 6

My husband always told me that I had to adjust to the new life, improve my English, and get familiar with the new culture. But I felt that he didn't understand how hard it was for me to leave everything behind and start anew.

Despite this, I tried to adjust. I started learning English, cooking American food, and trying to get acquainted with my husband's new friends and neighbors. But there was always one thing on my mind: my family.

My mother who always told me, "Daughter, you must preserve yourself and be proud of yourself." My brother who always told me, "Sister, you must take care of yourself." But I felt that I had lost myself. I no longer knew who I was and what I wanted. I only knew that I had to be equal to others.

My husband always talked about Khaled Hosseini, saying, "You know, all of America knows Khaled." He told me, "You will never reach him." I always loved poetry, wrote poems, and wrote short stories from a young age. I remember when I was a student, I wrote an article about International Literacy Day, and it won first prize. I was given twenty books as a prize.

I thought that if Khaled Hosseini is known in America, I should also become a famous writer. But how? I first read Khaled's books in Persian, then in English. I would underline every word I didn't know, look it up, and learn its meaning. I even watched the movie adaptation of his book. I thought I could write a story too, but I needed to find a writing class.

When I searched, I found many free classes. There was a writing class at the Generation Youth Organization, so I joined. I wrote better than everyone else, and I would correct my classmates' work. Slowly, I learned.

I started writing my first book, wanting it to be not just my story and reality but also my dreams. I always dreamed of having a robot that could help me with household chores, a robot that could solve my problems.

I studied a lot about science, technology, Mars, marriage problems, and women's rights. I wanted to show that Afghan girls can fall in love, that they can talk about love, music, and lessons.

I built a city on Mars with Elon Musk in my dreams. I did everything I couldn't do in real life in my dreams. I wanted to be a role model for other girls, so they wouldn't think of themselves as weak.

Today, I'm writing my seventh book. I was able to become a writer, and when you search my name, Ramesh Mofleh Hosseini, on Google, you can find my books on all platforms. I'm happy, but my heart is still heavy. I worry about my fellow Afghans, especially the girls who are deprived of education and work due to the current situation.

I was able to open an online school for Afghan girls, where hundreds of girls are studying, and teachers are teaching voluntarily. It's a small step, but it's a start. (To be continued...)

Ramesh Mofleh Hussaini

قسمت ۶

شوهرم همیشه می‌گفت که من باید خودم را با زندگی جدید وفق دهم، باید زبان انگلیسی‌ام را بهتر کنم و باید خودم را با فرهنگ جدید آشنا کنم. اما من احساس می‌کردم که او نمی‌فهمد من چقدر سخت است که همه چیز را رها کنم و از نو شروع کنم.

با وجود این، من سعی کردم خودم را وفق دهم. شروع کردم به یادگیری زبان انگلیسی، آشپزی آمریکایی را یاد گرفتم و سعی کردم با همسایگان و دوستان جدید شوهرم آشنا شوم.

اما همیشه یک چیز در ذهنم بود: فامیل من. مادرم که همیشه به من می‌گفت "دخترم، تو باید خودت را حفظ کنی و به خودت افتخار کنی". برادرم که همیشه به من می‌گفت "خواهرم، تو باید به خودت برسی ".

اما من احساس می‌کردم که من خودم را گم کرده‌ام. من دیگر نمی‌دانستم که من کیستم و چه می‌خواهم. من فقط می‌دانستم که من باید از دیگران کم نباشم شوهرم همیشه از خالد حسینی یاد می کرد کتاب بادبادک باز می گفت می دانی همه امریکای خالد را می شناسند بمن می گفت تو اصلا بع او نمی رسید من همیشه شعر خوش داشتم شعر می گفتم متن داستان دلنوشته از بسیار خوردی می نوشتم یادم است وقتی محصل بودم مقاله راجع به روز جهانی سواد نوشتم مقاله من اول شد بیست کتاب برای من حایزه دادند

فکر کردم اگر خالد حسینی را مردم امریکا می شناسند باید من هم مانند او مشهور باشم باید نویسنده شوم اما چطور

اول کتاب های خالد زا به فارسی خواندم بعدا به انگلیس خواندم هر لغتی یاد نداشتم خط می کشیدم پیدا می کردم چی معنی دارد حتی فلم آن کتاب را دیدم فکر کردم من می توانم داستان بنویسم اما باید صنف داستان نویس پیدا کنم وقتی سرچ کردم کلاس های مفت زیاد بود به سازمان نسل جوان یک صنف داستان نویس بود من رفتم هر عنوانی که می گفتند من از همه بهتر می نوشتم نوشته های صنفی های خود را اصلاح می کردم کم کم یاد گرفتم اولین کتاب خود را شروع به نوشتند کردم خواستم کتاب من نه تنها داستان خودم و حقیقت باشد خواستم خواب هایم را هم بنویسم خواب هایم همیشه می گفتم کاش روبات می داشتم که کار های خانه را بامن بکند روبات که برایم مشکلات ام را حل کند بسیار مطالعه کردم راجع به ساینس تکنالوژی راجع به کره مریخ راجع به مشکلات ازدواج راجع به حقوق زن خواستم نشان بدم که دختران افغان می توانند عاشق شوند از عشق گفتم از موسیقی از درس من یک شهر ساختم با ایلان ماسک در مریخ من هرچی نمی توانستم در زندگی انجام بدم در خواب هایم کردم

خواستم من اولگو باشم برای دیگر دختران آنها خود را ضعیف فکر نکنند امروز من هفتمین کتاب خود را می نویسم من توانستم مانند خالد حسینی وقتی در گوگل بنویس رامش مفلح حسینی نام من منحیث یک نویسنده بلی کتاب های من در تمام پلتفرم ها است خوشحالم اما هنوز قلب من سنگین است دلم برای همنوع من پریشان است آنها درس خوانده نمی توانندبه خاطر شرایط که فعلا آمده دختران از درس و کار محروم اند من توانستم مکتب آنلاین به دختران افغان افتتاح کنم در این مکتب صد ها دختر درس می خواند استادان رضا کارانه درس می دهند

یک بار از قلب من کم شده .

(ادامه دارد...)

رامش مفلح حسینی

برخه ۶

زما مېرې تل ما ته ویل چې زه باید خپل ځان د نوي ژوند سره تطبیق کړم، باید خپله انګلیسي ژبه ښه کړم او باید خپل ځان د نوي کلچر سره آشنا کړم. مګر زه احساس کوم چې هغه نه پوهیږي چې زما لپاره څومره سخته ده چې هر څه پرېږدم او له نوي سرې څخه شروع کړم.

د دې سره سره، ما هڅه وکړه چې خپل ځان تطبیق کړم. ما د انګلیسي ژبې زده کړه پیل کړه، امریکایي آشپزي مې زده کړه او هڅه مې وکړه چې د خپل مېره د نویو ملګرو او ګاونډیانو سره آشنا شم. مګر تل یو شی په ذهن کې وو: زما کورنی.

زما مور چې تل ما ته ویل، "لورکی، ته باید خپل ځان وساتې او په خپل ځان فخر وکړې." زما ورور چې تل ما ته ویل، "خورکی، ته باید خپل ځان ته ورسیږې." مګر زه احساس کوم چې زه خپل ځان له لاسه ورکړی دی. زه نور نه پوهیږم چې زه څوک یم او څه غواړم. زه یوازې دا پوهیږم چې زه باید د نورو څخه کم نه یم.

زما مېرې تل د خالد حسیني په اړه ویل، د بادبادک باز کتاب یې ویل، ویل چې ټول امریکا خالد پېژني. ما ته یې ویل، "ته هیڅکله ورته نه رسیږې." زه تل شعر خوښوم، شعر مې ویل، داستان مې لیکل. زه یادوم چې کله محصل وم، د نړیوال سواد د ورځې په اړه مې مقاله لیکله، مقاله مې لومړی مقام وګاټه او شل کتابونه مې د جایزې په توګه تر لاسه کړل.

ما فکر وکړ چې که خالد حسیني په امریکا کې پېژندل کیږي، نو زه هم باید د هغه په څېر مشهور شم، باید لیکوال شم. مګر څنګه؟ لومړی مې د خالد کتابونه په فارسي لوستل، بیا مې په انګلیسي لوستل. هر لغت چې مې نه و پېژند، خط مې پرې کښه، پیدا مې کړ او معنی مې پکې ومونده. حتی مې د هغه کتاب فلم هم وکتلی شو. ما فکر وکړ چې زه هم کولی شم داستان ولیکم، مګر باید د داستان لیکلو ټولګي پیدا کړم.

کله مې چې سرچ وکړ، ډېر مفت ټولګي مې ومونده. د نسل ځوان سازمان کې مې د داستان لیکلو یو ټولګي ومونده، ما ور وړاندې کړ. هر عنوان چې یې ویل، زه به تر ټولو ښه لیکلم. د ټولګیوالانو لیکنې مې اصلاح کولې او په دې توګه مې زده کړل.

ما خپل لومړی کتاب پیل کړ، خوښ مې وه چې زما کتاب نه یوازې د خپل ځان او حقیقت په اړه وي، بلکې زما خوبونه هم پکې ولیکم. زما خوبونه تل وو چې کاش ربات ولې چې د کور کارونه مې وکړي، ربات چې زما ستونزې حل کړي.

ما ډېر مطالعه وکړه، د ساینس او تکنالوژي په اړه، د مریخ په اړه، د واده ستونزو په اړه، د ښځو د حقوقو په اړه. ما وښودله چې افغان جینکۍ کولی شي عاشق شي، د مینې، موسیقي او درس په اړه مې وویل. ما یو ښار په مریخ کې د ایلان ماسک سره جوړ کړ. زه هر څه چې په ژوند کې مې نه شول کولای، په خوبونو کې مې وکړل.

ما وغوښتل چې زه د نورو جینکو لپاره یو مثال شم، چې دوی خپل ځان کمزور نه انګاري. نن زه خپل اوم کتاب لیکم. زه کولی شوم، لکه خالد حسیني. کله چې په ګوګل کې د رامش مفلح حسیني نوم ولیسم، زما نوم د یو لیکوال په توګه راځي. هو، زما کتابونه په ټولو پلټفرمونو کې شته. زه خوشحاله یم، مګر زما زړه لا هم سنګین دی، زما دل زما د همنوعو لپاره پریشان دی. دوی د شرایطو له کبله چې اوس راغلي دي، د درس او کار څخه محروم دي.

زه کولی شوم چې افغان جینکو لپاره آنلاین مکتب جوړ کړم، چېرې چې سلګونه جینکۍ درس وایي او استادان رضاکارانه درس ورکوي. دا یو کوچنی کار دی، مګر زما د زړه څخه یو څه کم شوی دی. (جاری...)

<u>رامش مفلح حسیني</u>

Part 7

The truth is, I still feel like something's missing. I don't know what else I can do. Despite being younger, more alert, and working harder than my husband, he still sees me as just an Afghan woman. Why don't Afghan men value women? Are Afghan women inferior to anyone? I've done everything, and I'm still Afghan. My heart is heavy, and I'm never happy. He sees my smile, but beneath it, there's a lot of pain.

If an Afghan woman divorces her husband, which is actually a Sunnah marriage and divorce is permissible, Afghan people view it very negatively. They always think the woman is bad, why did she divorce? I have three children, and I love them dearly. I'm in America for their future, and I want to be a role model for my children and other Afghan women. I'm happy that my children are proud of me today.

The challenges aren't just mine; it's hard for our children too, living between two different cultures. I had a bicycle for a long time, and then I thought I should learn to drive. Driving in America is simple, but the language barrier is a problem. When my husband taught me how to drive, he was very nervous, always yelling at me, and his hands would shake. But one day, I decided enough is enough. I learned that D is drive, R is reverse, and P is park. I started driving on my own, and when my husband saw me, he was amazed. I was driving better than him! He said I was ready to take the test. I passed the computer test in five minutes with a perfect score, and I took it in Persian.

However, the driving test with the police officer was a different story. A rude police officer sat next to me and tried to touch me to show me what to do. I pushed his hands away because, in our culture, it's not acceptable to touch someone who's not a relative. He said "go," and I drove left and right, and he was impressed. Until he said "pulled over," and I didn't understand. He yelled "pulled over," and I kept driving until he stopped me. He said I failed, and I didn't understand what I did wrong. But he told my husband that I didn't stop when he said "pulled over." I realized it means to park [1].

Ramesh Mofleh Hussaini

قسمت ۷

حقیقت این است هنوز هم چیزی کم دارم. نمی‌دانم هر کار می‌کنم، با وجودی که من هنوز از شوهرم خیلی جوان‌تر هستم، هوشیارتر، بیشتر کار می‌کنم، اما او مرا به عنوان یک زن افغان می‌بیند. چرا مردها افغان به زن ارزش نمی‌دهند؟ آیا زن افغان از کی کمتر است؟ من هر کار کردم، هنوز هم افغان ام. دل من تنگ است، هیچ گاه خوش نیستم. آن لبخند مرا می‌بیند، زیر این لبخند خیلی غصه است.

اگر زن افغان از شوهر خود جدا شود، که در حقیقت نکاح سنت است و طلاق فرض، اما مردم افغان‌ها بسیار بد می‌بینند. همیشه فکر می‌کنند زنان بد اند، چرا جدا شدند؟ من سه طفل دارم، اولادهای را خیلی دوست دارم. واگر در امریکا هستم و صرف به خاطر آینده آنها خواستم. من یک الگو برای اولادیم و دیگر بانوهای افغان باشم. خوشحالم امروز فرزندان من به من افتخار می‌کنند. مشکلات نه تنها برای من و امسال من غربت است، بلکه برای اولادهای ما مردم مشکل است.

چون بین دو کلچر و کلتور متفاوت زندگی است.من مدت‌ها بایسکل داشتم، بعدا فکر کردم من باید درایف را یاد بگیرم. درایف کردند موتر در امریکا بسیار ساده است، اما مشکل باز هم زبان است. وقتی شوهرم برایم درایف یاد می‌داد، خیلی عصبی بود، هیچ مرا وار خطا می‌کرد، دستان می‌لرزید. اما یک روز تصمیم گرفتم. این موتر یک D درایف، R ریورس و P پارک است. من خودم شروع کردم به درایف. وقتی شوهرم دید، وای بسیار برایش جالب بود. می‌دانی من از اوبهتر درایف می‌کردم گفت توامادہ هستی، می‌توانی امتحان بدهید. امتحان کامپیوتر به پنج دقیقه خلاص شد، صد گرفتم. می‌داند به فارسی امتحان دادم. اما امتحان دریف با پولیس، یک پولیس بدخوی پهلوی من نشست.

اول می‌خواست با دست خود برایم نشان بدهد که چکار کنم. البته دست‌های او را پس کردم، چون من نمی‌خواستم با دست من تماس کند. کلچر من این بود با نامحرم تماس نگیرم. گفت go، من رفت چپ و راست، هر جا که گفت عالی بودم. تا لحظه که صدا مرد pulled over، من نفهمیدم. جیغ زد pulled over، باز هم سریعتر بردم تا مرا ایستاد کرد. گفت stop، من پارک کردم. گفت تو ناکام هستی، هیچ نفهمیدم مشکل من چی بود. اما به شوهرم گفت که من گفتم pulled over and she not stop. من فهمیدم pulled over یعنی پارک کن.

رامش مفلح حسینی

برخه ۷

حقیقت دا دی چې زه لا هم یو څه کم دارم. زه نه پوهیږم چې هر څه کوم، سره له دې چې زه د خپل میړه څخه ډېره ځوانه یم، ډېره هوښیاره یم، ډېر کار کوم، مګر هغه ما یو افغان ښځه ګوري. ولې افغان سړي ښځو ته ارزښت نه ورکوي؟ آیا افغان ښځه د چا څخه کمه ده؟ زه هر څه کوم، لا هم افغان یم. زما دل تنګ دی، هیڅکله خوشحاله نه یم. هغه زما خندا ګوري، د دې خندا لاندې ډېر درد دی.

که افغان ښځه له خپل میړه څخه جلا شي، چې په حقیقت کې نکاح سنت دی او طلاق فرض، مګر افغان خلک ډېر بد ګوري. ټل فکر کوي چې ښځې بده دي، ولې جلا شوې؟ زه درې اولادونه لرم، او لادونه ډېر خوښوم. او که زه په امریکا کې یم، یوازې د هغوی د راتلونکي لپاره مې دا کار وکړ. زه د خپلو اولادونو او نورو افغان ښځو لپاره یو مثال یم. زه خوشحاله یم چې نن زما اولادونه زما څخه فخر کوي. ستونزې یوازې زما او زما د اوسني ژوند ستونزې نه دي، بلکې زموږ د خلکو ستونزې دي. ځکه چې دوی د دوو مختلفو کلچرونو او کلتورونو ترمنځ ژوند کوي.

زه ډېر وخت بایسکل درلود، بیا مې فکر وکړ چې زه باید درایف زده کړم. په امریکا کې درایف کول ډېر ساده دی، مګر ستونزه بیا هم ژبه ده. کله چې زما میړه ما ته درایف زده کړ، ډېر عصبي و، هیڅکله ما ته یې غلط وایه، لاسونه یې لړزېدل. مګر یوه ورځ ما تصمیم ونیوه. دا موټر یو D درایف، R ریورس او P پارک دی. زه خپله شروع وکړم درایف ته. کله چې زما میړه وکتلی شو، وای ډېر یې حیران کړ. زه د هغه څخه ښه درایف کوم. هغه ویل چې ته تیاره یې، ته کولای شې امتحان ورکړې.

امتحان کمپیوټر په پنځه دقیقو کې خلاص شو، سل مې واخیست. زه پوهیږم چې ما په فارسي امتحان ورکړ. مګر د درایف امتحان د پولیس سره، یو بدخویه پولیس زما څنګ کې کښېناست. لومړی یې هغه وکړه چې زما سره د لاس په واسطه وښیي چې څه وکړم. البته ما د هغه لاسونه وروستل، ځکه چې زه نه غواړم چې هغه زما سره تماس وکړي. زما کلچر دا دی چې د نامحرم سره تماس نه نیسم.

هغه ویل go، زه چپ او ښی ته لاړم، هر چېرې چې یې ویل، زه ښه وم. تر هغه چې pulled over وویل، زه نه پوهېدم. هغه چیغې کړې pulled over، زه بیا هم تېز شوم تر هغه چې هغه ما ودره کړ. هغه ویل stop، زه پارک مې کړ. هغه ویل ته ناکام یې، زه نه پوهېدم چې زما ستونزه څه ده. مګر هغه زما میړه ته ویل چې ما pulled over وویل او هغه stop نه کړ. زه پوه شوم چې pulled over معنی پارک کول دي.

رامش مفلح حسیني

Part 8

I really needed to drive. My husband went to work, and I worked. My in-laws were sick and needed daily doctor visits and medication. I thought, I'll drive, but if there's no problem, no police will stop me and ask for a license. I drove without a license for a long time. Later, I learned all the English words related to cars and driving. When I took the test, I was able to get a license. I was very happy. It's been twenty years, and I've had a license ever since. I've never gotten a ticket; my driving is excellent.

Language is a bridge to success. I can succeed with language. Children born in America and Europe can learn the language of their country, but they forget their mother tongue. I thought of writing a book so Americans can learn Pashto and Dari, and Afghans can learn English. That's why I wrote this book in three languages. I hope it's helpful for the younger generation. I dedicate this book to my children, Hana, Maryam, and Noah. I love you all, especially Hana, who always helps her mother.

Ramesh Mofleh Hussaini

قسمت ۸

من به درایف خیلی ضرورت داشتم. شوهرم به کار می‌رفت، من کار می‌کردم. خسران من، خشو و خسرو من مریض بودند. هر روز به دکتر و دوا ضرورت داشتند. فکر کردم من دریف می‌کردم، اما اگر مشکلی نباشد، هیچ پولیس ایستاد نمی‌کند که لیسانس خود را بده.

مدت‌ها بدون لیسانس درایف کردم. بعدا همه لغت‌های انگلیس که مربوط به موتر و درایف می‌شد یاد گرفتم. وقتی به امتحان رفتم، توانستم لیسانس بگیرم. خیلی خوش بودم. تا حال بیست سال است لیسانس دارم. من هیچ تکت نگرفتم، دریف من عالی است.

زبان یک پل ارتباط است. به وسیله زبان ما می‌توانم موفق باشم. برای اطفالی که در امریکا و اروپا تولد می‌شوند، می‌توانند زبان مملکت خود را یاد بگیرند، لاکن زبان مادری خود را فراموش می‌کنند.

من به فکر این شدم که کتاب بنویسم که امریکای‌ها پشتو و دری یاد بگیرند و افغان‌ها انگلیس. از این خاطر این کتاب را به سه‌زبان نوشتم. امیدوارم کمکی برای نسل جوان باشد.

این کتاب را برای فرزندان تقدیم می‌کنند. حنا، مریم، نوح، دوستتان دارم. مخصوص حنا، حنا همیشه به مادر خود کمک کرده. البته در قسمت تلفظ لغات انگلیس و ترجمه بعضی لغات که من همیشه به خاطر دارم...

رامش مفلح حسینی

برخه ۸

زه ډېر اړتیا درلودم چې درایف وکړم. زما مېړه کار ته تللو، زه کار کوم. زما خسر او خسو مریض وو. هره ورځ دوا او ډاکټر ته اړتیا درلود. ما فکر وکړ چې زه درایف کوم، مګر که کومه ستونزه نه وي، هیڅ پولیس ما نه دریږي چې لیسانس ورکړم. ډېر وخت ما بې له لیسانسه درایف وکړ. وروسته مې ټول انګلیسي لغتونه چې د موټر او درایف سره اړوند وو، زده کړل. کله مې چې امتحان ورکړ، ما کولای شو چې لیسانس ترلاسه کړم. زه ډېره خوشحاله وم. تر اوسه پورې شل کاله کیږي چې لیسانس لرم. ما هیڅکله ټیکټ نه دی اخیستی، زما درایف ډېر ښه دی.

ژبه یو اړیکه ده. د ژبې په واسطه زه کولی شم چې بریالی شم. هغه ماشومان چې په امریکا او اروپا کې زیږیږي، کولای شي چې د خپل هیواد ژبه زده کړي، مګر خپله مورنۍ ژبه هېروي. ما فکر وکړ چې کتاب ولیکم چې امریکاییان پښتو او دري زده کړي او افغانان انګلیسي. له دې کبله ما دا کتاب په دریو ژبو ولیکه. هیله ده چې دا د ځوان نسل لپاره یو ګټور کتاب وي.

دا کتاب زه خپلو اولادونو ته ډالۍ کوم. حنا، مریم، نوح، تاسو زما سره یاست. په ځانګړي ډول حنا، حنا تل خپلې مور سره مرسته کړې ده. البته د انګلیسي لغتونو په تلفظ او د ځینو لغتونو په ژباړه کې چې زه تل په یاد لرم...

<u>رامش مفلح حسیني</u>

فصل اول: سلام و معرفی

- *انگلیسی:*

1. Hello! - سلام!

2. Hi! - سلام!

3. How are you? - چطوری؟

4. I'm fine, thank you. - خوبم، ممنون.

5. What's your name? - نامت چیه؟

6. My name is... - نام من است...

7. Nice to meet you. - خوشحالم که تورو ملاقات کردم.

8. Where are you from? - از کجا هستی؟

9. I'm from... - من از هستم.

10. Welcome! - خوش آمدید!

- *فارسی:*

1. سلام!

2. سلام!

3. چطوری؟

4. خوبم، ممنون.

5. نامت چیه؟

6. نام من است...

7. خوشحلم که تورو ملاقات کردم.

8. از کجا هستی؟

9. من از هستم.

10. خوش آمدید!

- *پښتو:*

1. سلام!

2. سلام!

3. څنګه یې؟

4. ښه یم، مننه.

5. ستاسو نوم څه دی؟

6. زما نوم دی...

7. له تاسو سره ولیدل ښه شول.

8. تاسو له کوم ځای څخه یاست؟

9. زه له څخه یم.

10. ښه راغلاست!

. *فصل اول: سلام و معرفی*

- *انگلیسی:*

!Hello! - Salam .1

- فارسی: سلام! (Salam) - پشتو: سلام! (Salam)

!Hi! - Salam .2

- فارسی: سلام! (Salam) - پشتو: سلام! (Salam)

?How are you? - Chetori .3

- فارسی: چطوری؟ (Chetori)

- پشتو: څنګه يې؟ (?Channgah ye)

.I'm fine, thank you. - Khobam, mamnun .4

- فارسی: خوبم، ممنون. (Khobam, mamnun)

- پشتو: ښه یم، مننه. (Sheh yum, manana)

?What's your name? - Namet cheyeh .5

- فارسی: نامت چیه؟ (Namet cheyeh)

- پشتو: ستاسو نوم څه دی؟ (?Stasu num chera day)

...My name is... - Nam man ast .6

- فارسی: نام من است... (...Nam man ast) - پشتو: زما نوم دی... (...Zma num day)

.Nice to meet you. - Khoshhalam ke to-ro molaqat kardam .7
- فارسی: خوشحالم که تورو ملاقات کردم. (Khoshhalam ke to-ro molaqat kardam)
- پشتو: له تاسو سره ولیدل ښه شول. (Le tasu sara walidul sheh shul)

?Where are you from? - Az koja hasti .8

- فارسی: از کجا هستی؟ (Az koja hasti)

- پشتو: تاسو له کوم ځای څخه یاست؟ (?Tasu le kum zay thana yast)

.I'm from... - Man az... hastam .9

- فارسی: من از هستم. (Man az... hastam)

- پشتو: زه له څخه یم. (Za le... thana yum)

!Welcome! - Khosh amdid .10

- فارسی: خوش آمدید! (Khosh amdid)

– پشتو: ښه راغلاست! (Sheh raghlast)

. *فصل دوم: درخواست کمک و راهنمایی*

- *انگلیسی:*

!Excuse me! - Bakhshid .

1-فارسی: ببخشید ! (Bakhshid) (Bakhna ghwaram) !بښنه غواړم :پشتو -?Can you help me? - Mitavanid be man komak konid .

2 (Mitavanid be man komak konid) فارسی: میتوانید به من کمک کنید؟ --پشتو : تاسو راته مرسته کولای شئ؟shay) kolay mrasta rana (Tasu?Where is...? - ... koja ast .

3-فارسی : ... کجا است؟ (... koja-پشتو : ... کوم ځای کې دی؟ (...) ast (koja day ke zay (kum .I'm lost. - Man gom shodam .

4 (Man gom shodam) .فارسی: من گم شدم - (Za wark shavi yum) .زه ورک شوی یم - پشتو: زه

.5Can you speak English/Pashto/Farsi? Mitavanid Englisi/Pashto/Farsi gap bezanid (Mitavanid Englisi/Pashto/Farsi gap bezanid) فارسی: میتوانید انگلیسی/پشتو/فارسی صحبت کنید؟ - (Tasu anglisi/pashto/farsi ghagheydalay shay) پشتو: تاسو انگلیسي/پښتو/فارسي غږېدلای شئ؟ -.I don't understand. - Man nemofehmam .

6 (Man nemofehmam) .فارسی: من نمیفهمم --پشتو: زه نه پوهیږم . pohezhem) na (Za ?Can you write it down? - Mitavanid benevisid .

7-فارسی : میتوانید بنویسید؟ (Mitavanid benevisid) -پشتو : تاسو لیکلای شئ؟ shay) likalay (Tasu? What's the meaning of...? - Mana-ye... chist .

8-فارسی: معنی ... چیست؟ (Mana-ye... chist) -پشتو: د ... مانا څه ده؟ da) cha mana (D...

. *فصل سوم: سفارش غذا و نوشیدنی*

- *انگلیسی:*

!Menu, please! - Von list lotfan .

1 فارسی- منو لطفا: ! lotfan) (Menu (Ghwarnaay rakray) !پشتو: غورنی راکړئ - .I'd like... - Man... mikham .

2-فارسی: من... میخواهم . mikham) (Man... پشتو-: زه... غواړم . ghwaram) (Za...!Water, please! - Aab, lotfan .

3-فارسی: لطفا، آب ! lotfan) (Aab,-پشتو: اوبه، مهرباني ! mehrabani) (Oba, !Bill, please! - Hesab, lotfan .

4-فارسی: لطفا، حساب ! lotfan) (Hesab,-پشتو: مهرباني، حساب ! mehrabani) (Hesab,!Delicious! - Khoshmazeh .

5 (Khoshnmazeh) !فارسی: خوشمزه -پشتو: خوندور ! (Khundur)*نمونه سفارشها*:

.I'll have a burger, please *:انگلیسی* - (Man yek hamburger mikham, lotfan) .فارسی:* من یک همبرگر میخواهم، لطفا* - (Za yo burger ghwaram, mehrabani) .انگلیسی:* ?Can I have a cup of coffee -* پشتو:* زه یو برگر غواړم، مهرباني* - (Mitavanam yek fenjan ghahve dashte basham) میتوانم یک فنجان قهوه داشته باشم؟ *:فارسی* - (Za yo piyala qahwa akhlay sham) پشتو:* زه یو پیاله قهوه اخلای شم؟* -.I
*فصل چهارم:خرید و قیمت *

- *انگلیسی:*

قدر این است؟How much is this? –

1-فارسی : قیمت این چقدر است؟ ch) in Gheymat-e قدر)ast (Da de price tsomra day) پشتو: د دې قیمت څومره دی؟ -.I'd like to buy... - Man... mikham bekharam.

2 (Man... mikham bekharam) فارسی: من... میخواهم بخرم - (Za... ghwaram wakharam) پشتو: زه... غواړم واخلم -بازار کجاست؟ - Where is the market?

3-فارسی : بازار کجاست؟ ast) koja (Bazar -پشتو : بازار چیرته دی؟ day) chirta (Bazar .I'm looking for... - Man... ra talash mikonam.

4 (Man... ra talash mikonam) .فارسی: من... را تلاش میکنم --پشتو: زه... په لټه کې یم . yum) ke lata pe (Za...? Can I try it on? - Mitavanam emruzhan bepusham .5 (Mitavanam emruz an ra bepussham) فارسی: میتوانم امروز آن را بپوشم؟ - (Aya za kolay sham da waaghundam) پشتو: ایا زه کولای شم دا واغوندم؟ –

نمونه گفتگو:

- *انگلیسی:*

Customer: How much is this shirt? - Seller: It's $20 -

- *فارسی:*

- مشتری: قیمت این پیراهن چقدر است؟ - فروشنده: 20 دلار است.

- *پشتو:*

- پیرودونکی: د دې کمیس قیمت څومره دی؟ - پلورونکی: 20 ډالر دی.

. *فصل پنجم: مکالمات تلفنی*

- *انگلیسی:*

1. Hello? - سلام؟

- فارسی: سلام؟ (Salam?)

- پشتو: خوک یاست؟ (Chak yum?)

2. Can I speak to...? - آیا میتوانم با... صحبت کنم؟

با... صحبت کنم؟ (Aya mitavanam ba... sohbat konam?)

وکړم؟ (Aya za kolay sham leh... sara khabray wakrawam?) - فارسی: آیا میتوانم

- پشتو: ایا زه کولای شم له... سره خبرې

3. Who's calling? - کی تماس گرفته است؟

- فارسی: کی تماس گرفته است؟ (Ki tamas gerefte ast?)

- پشتو: خوک غږیږي؟ (Chak ghagheyedzeh?)

4. I'll call back later. - بعدا تماس میگیرم.

- فارسی: بعدا تماس میگیرم. (Bada tamas migiram)

- پشتو: بیا تماس اخلم. (Biya tamas akhlum)

5. Can you hear me? - آیا صدای مرا میشنوی؟

(Aya seda-ye mara mishenavi?) - فارسی: آیا صدای مرا میشنوی؟ (Aya ta

- پشتو: ایا تا د ما غږ اوریدای شې؟ (da ma ghag wareday shay

نمونه گفتگو:

- *انگلیسی:*

Caller: Hello, can I speak to John?

Receiver: Yes, who's calling?

- *فارسی:*

- تماس گیرنده: سلام، آیا میتوانم با جان صحبت کنم؟ - دریافت کننده: بله، کی تماس گرفته است؟

- *پشتو:*

- د تماس اخیستونکی: سلام، ایا زه کولای شم له جان سره خبرې وکړم؟ - ترلاسه کوونکی: هو، څوک غږیږي؟

فصل ششم: مسیر و جهتیابی

- *انگلیسی:*

1. Where is? کجاست؟ ....-فارسی- . ... : کجاست؟ ...) ast (?koja -پشتو : ... چیرته دی؟ ...) day (?chirta من گم شدم - .

2. I'm lost (Man gom shodam) .فارسی: من گم شدم -(Za wark shawi yum) شوی یم -. پشتو: زه ورک

3 way the me show you ? Can -میتوانید راه را به من نشان دهید؟ (?Mitavanid rah ra be man neshaneh dahid) میتوانید راه را به من نشان دهید؟ :فارسی - -پشتو : تاسو کولای rakhay) lara shay kolay (?Tasuشئ لاره راښایئ؟ .به چپ/راست بپیچید - .

4. Turn left/right .(Be chap/rost bepeichid) .فارسی: به چپ/راست بپیچید - (Ken/ shay lora ta mukh kray) .مستقیم بروید.- پشتو: کیڼ/ښی لور ته مخ کړی - .

5. Go straight-فارسی: مستقیم بروید . beroo) (Mostaqim (Mukh pe mukh walar shay) - پشتو: مخ په مخ ولاړ شئ

نمونه گفتگو:

- *انگلیسی:*

Person A: Excuse me, where is the nearest restroom?

Person B: It's down the hall, second door on your left.

- *فارسی:*

- شخص آ: ببخشید، نزدیکترین دستشویی کجاست؟

- شخص ب: آن پایین راهرو، دومین در سمت چپ شما قرار دارد. - *پشتو:*

- کَس الف: بخښنه غواړم، تر ټولو نږدې تشناب چیرته دی؟

- کس ب: هغه لاندې لاره کې، ستاسو د کیڼ لاس په دویم در دی. *فصل هفتم: زمان و تاریخ*

- *انگلیسی:*

1. What time is it?؟ساعت چند است –

2. Today's date is .-فارسی : ؟ساعت چند است (?Saat ched ast) -پشتو : ؟څو بجې دي Chew) بجې (?day.است ..امروز تاریخ - -فارسی :امروز تاریخ ...است . ast) tarikh... (Emroz

3 Tomorrow/Yesterday (Nan saba da... neta da) .نن سبا د... نیټه ده :پشتو - (Saba/Parun)پرون / سبا: پشتو- (Farda/Diruz)دیروز / فردا: فارسی- - فردا/دیروز

4- Monday to Sunday دوشنبه تا یکشنبه

5 January to December (Doshanbe ta yekshanbe) فارسی: دوشنبه تا یکشنبه - (Doshanbe tar yekshanbe) ژانویه تا : فارسی- ژانویه تا دسامبر - پشتو: دوشنبه تر یکشنبه دسامبرdesamber) ta (Zhanieh (Janoori tar desember) پشتو: جنوري تر دسمبر -

نمونه گفتگو:

- *انگلیسی:*

Person A: What time is it?

Person B: It's 3 o'clock.

- *فارسی:*

- شخص آ: ساعت چند است؟ - شخص ب: ساعت ۳ است.

- *پشتو:*

- کس الف: څو بجې دي؟ - کس ب: ۳ بجې دي. *فصل هشتم: آب و هوا*

- *انگلیسی:*

1 What's the weather like today ..؟ امروز : فارسی- ? - امروز هوا چطور است؟ هوا چطور است؟ast) chetor hava (?Emroz (?Nan hawa tsanga da) هوا څنګه ده؟ – پشتو: نن

.2 sunny/rainy/cloudy .It's ابری /بارانی/ هوا آفتابی: فارسی-.ابری است/بارانی/ هوا آفتابی- .است ast) aftabi/barani/abri (Hava پشتو- .وريځې ده/باراني/ هوا لمرنی: da) lmarni/barani/wrizi (Hawa .هو گرم/سرد است

3.The weather is hot/cold.-فارسی: هوا گرم/ است/ سرد. ast) garm/sard (Hava(Hawa garmah/sarha da) .پشتو: هوا گرمه/سړه ده -

.4 days sunny love .I من روزهای آفتابی را دوست دارم- .(Man rouzhaye aftabi ra dust daram) .فارسی: من روزهای آفتابی را دوست دارم - (Za da lmarniyo warzho thana khwand akhlum) .پشتو: زه د لمرنيو ورځو څخه خوند اخلم -

.5 rain to going .It's هوا دارد بارانی میشود- .(Hava dara barani mishavad) - پشتو: هوا باراني کيږي. (Hawa barani kigida) - فارسی: هوا دارد بارانی میشود.

نمونه گفتگو:

- *انگلیسی:*

Person A: What's the weather like today?

Person B: It's sunny

- *فارسی:*

- شخص آ: امروز هوا چطور است؟ - شخص ب: هوا آفتابی است.

- *پشتو:*

- کس الف: نن هوا څنګه ده؟ - کس ب: هوا لمرنی ده. *فصل نهم: مسافرت و سفر*

- *انگلیسی:*

.1 flight a book to like .I'd -میخواهم یک بلیط هواپیما رزرو کنم. (Mikham yek bilet havapima reserve konam) - فارسی: میخواهم یک بلیط هواپیما رزرو کنم. (Za ghwaram da alotkay ticket wakharam) - پشتو: زه غواړم د الوتکې ټکټ واخلم. میروم. - من به... .

2. I'm going to . -فارسی: من به... میروم . miravam) be... (Man -پشتو: زه به ... ته ځم. zhum) te be... (Za

3. Hotel reservation - .هتل رزرو (Reserve hotel) فارسی: رزرو هتل (Da hotel zay parzay kol) - پشتو: د هوټل ځای پرځای کول

.4 room single/double a lik .I'd -میخواهم یک اتاق تکنفره/دونفره داشته باشم/ میخواهم : فارسی-. taknafereh/donafereh otagh yek Mikham (دونفره داشته باشم /یک اتاق تکنفره (dashte basham(Za ghwaram yo koti yak kas/doh kasa walram) کوټی یو کس/دوه کسه ولرم. - پشتو: زه غواړم یو

5 Passport گذرنامه. -فارسی : گذرنامه (Gozarnamah) -پشتو : تذکره (Tazkera)

نمونه گفتگو:

- *انگلیسی:*

- Person A: I'd like to book a flight to New York.

- Person B: When would you like to travel?

- *فارسی:*

- شخص آ: میخواهم یک بانک بلیط هواپیما به نیویورک رزرو کنم. - شخص ب: کی میخواهید سفر کنید؟

- *پشتو:*

- کس الف: زه غواړم د نیویارک ته د الوتکې ټکټ واخلم. - کس ب: تاسو کله غواړئ سفر وکړئ؟

فصل دهم: خرید و گشتوگذار در بازار

- *انگلیسی:*

1. this is much ?How -قیمت این چقدر است؟ : فارسی- قیمت این چقدر است؟- ch) in Gheymat-e قدر(?ast(?Da de price tsomra day) ؟ - پشتو: د دې قیمت څومره دی؟

2. I'll take this . من این را میخرم: فارسی- من این را میخرم. mikharam) ra in (Manom. (Za da akhlom) - پشتو: زه دا اخل

3. Where is the market? بازار کجاست؟ : فارسی- بازار کجاست؟ ast) koja (?Bazar - پشتو: بازار چیرته دی؟ day) chirta (?Bazar .I'm just looking .4 - من فقط نگاه میکنم. (Man faqat negah mikonam) فارسی: من فقط نگاه میکنم. - (Za yawazay katal kigeyum) کیږم. - پشتو: زه یوازې کتل

.5 Can I try on it? -میتوانم آن را امتحان کنم؟ (?Mitavanam an ra emtehan konam) - فارسی: میتوانم آن را امتحان کنم؟ (?Aya za kolay sham da waaghundam) واغوندم؟ - پشتو: ایا زه کولای شم دا

نمونه گفتگو:

- *انگلیسی:*

Customer: How much is this shirt?

Seller: It's $20

- *فارسی:*

- مشتری: قیمت این پیراهن چقدر است؟ - فروشنده: ۲۰ دلار است.

- *پشتو:*

- پیرودونکی: د دې کامیس قیمت څومره دی؟ - پلورونکی: ۲۰ ډالر دی.

امیدوارم که این فصل برایتان مفید باشد. آیا میخواهید فصل بعدی را ادامه دهیم؟

مکلمات رسمی در دفاتر رسمی

- *انگلیسی:*

1 you help I can how ?Hello, -سلام، چطور میتوانم به شما کمک کنم؟ (?Salam, chetor mitavanam be shoma komak konam) فارسی: سلام، چطور میتوانم به شما کمک کنم؟ - پشتو: سلام، څنګه کولای شم ستاسو سره مرسته وکړم؟ (mrasta sara staso sham kolay tsanga Salam,(?wakrawam

2 with meet to like ...I'd -با: فارسی- ملاقات کنم... میخواهم با... ملاقات کنم... میخواهم . konam) mulaqat ba... (Mikham (Za ghwaram le... sara wawinim) له... سره ووینم. – پشتو: زه غواړم

3 appointment an schedule I ?Can -میتوانم یک قرار ملاقات تنظیم کنم؟ (?Mitavanam yek qarar-e mulaqat tanzim konam) فارسی: میتوانم یک قرار ملاقات تنظیم کنم؟ - پشتو: ایا زه کولای شم د لیدو وخت وټاکم؟ (?Aya za kolay sham da lidu wakht watakam) - لطفا بنشینید.- .

4 Please take a seat (Lotfan beneshinid) فارسی: لطفا بنشینید. -(Mehrabani wakray, naste shay) پشتو: مهرباني وکړئ، نلست شئ. -

.5 coming for you .Thank (Az shoma babat amadanetan motshakeram) . از شما بابت آمدنتان متشکرم- فارسی: از شما بابت آمدنتان متشکرم. -(Manana cha raghay) پشتو: مننه چې راغیئ -

نمونه گفتگو:

- *انگلیسی:*

Receptionist: Hello, how can I help you? -

Visitor: I'd like to meet with Mr. Smith -

- *فارسی:*

- منشی: سلام، چطور میتوانم به شما کمک کنم؟

- بازدیدکننده: میخواهم با آقای اسمیت ملاقات کنم. - *پشتو:*

- منشی: سلام، څنګه کولای شم ستاسو سره مرسته وکړم؟ - لیدوونکی: زه غواړم له ښاغلي اسمیت سره ووینم. *مکالمات معمولی بین والدین و فرزندان*

- *انگلیسی:*

1 How was your day? . امروزت چطور بود؟ : فارسی- - امروزت چطور بود؟ bud) chetor (?Emrozt (?Nan de warzay tsanga wah) پشتو: نن دې ورځې څنګه وه؟

2 I'm fine, thanks .خوبم، ممنون: فارسی-. - خوبم، ممنون . mamnun) (Khobam,(Sheh yum, manana) پشتو: ښه یم، مننه. -

3 What time will you be home? کی به خونه باشی؟ : فارسی- - کی به خونه باشی؟ bashi) khune be (?Ki-پشتو: ؟ څو بجې به کور ته راشي؟ Chew) بجې rashay te kor (?ba

4.I love you . دوستت دارم: فارسی-- دوستت دارم . daram) (Dustet(Ta sara mina laram) - پشتو: تا سره مینه لرم

.5 Can I go out with friend ? -میتوانم با دوستانم بیرون بروم؟ ? (?Mitavanam ba dustanam birun beravam) - فارسی: میتوانم با دوستانم بیرون بروم؟ (?Aya za kolay sham le malgaro sara wawazam) - پشتو: ایا زه کولای شم له ملګرو سره ووځم؟

نویسنده رامش مفلح حسینی

برای تمرین *انگلیسی:*

If I Were a Flower

Do you know? I wanted to be a flower of love, a flower of affection, a flower of loyalty, a flower of friendship… I would be among other flowers, teaching them friendship. I wanted to be a teacher of love, plucking betrayal from the ranks of flowers. If a butterfly landed on .my petals, it would savor my fragrance, never tiring of my scent of love. Always with me

If I were a flower, I wished whoever loved me would give me to their mother, father, child, or spouse… A flower is what makes everyone happy, but its life is short. I wanted my life to be long, and I wanted to be everywhere in the world, making medicine from my fragrance that…would heal the doctors and cure all diseases, pains, and unlock all locks

I wanted to be a remedy for heartaches, so no one's heart would ache, and there would be no war, only peace, and only love. I would be a flower that wouldn't let any heart break like mine… I'm a flower that breaks itself, scatters its petals, wilts, sacrifices itself, and dies, but I bring beauty to the world and offer it to all humanity, even if some don't love me and

…hate me, I turn hatred into love and thank God for the moment I felt like a flower

What does it feel like to be a flower of love? I wish I were a flower of love in the hands of a

…beloved, so they could sense my fragrance

فارسی به الفبای انگلیسی:

Agar Man Yek Gol Mi-budam Maidanid? Mikhastam gol-e eshgh basham, gol-e mehrabani, gol-e vafa, gol-e dusti… Man pahlu-ye digar gol-ha mi-budam barashun dusti ra dars mi-dadam. Mikhastam moallem-e eshgh basham, bi-vafayi ra az radif-e gol-ha michidam. Agar parvanah ru-ye barg-e man mi- nashast az atr-e man michashid, az bou-ye khosh-e mehrabani-ye man sir na-mi-shud,

.hamishe ba man bud Agar man yek gol mi-budam mikhastam har kas mara dust dasht, kasi mara be madarash hediye mi-dad, kasi be pedarash, kasi be farzand va kasi be hamsar… In gol ast ke hame ra khosh negah mi-konad, amma omr-ash kutah ast… Man mikhastam omr-e man boland bashad va dar tamam-e donya mi-budam va az man va atr-e man darui mi-sakhtand ke darman-e tabiiban shifa mi-bud va shifa-ye hame-ye bimar-ha va dard-ha va kelid-e hame-…ye qoful-ha

Mikhastam dava-i basham baraye del-tangi-ha, del-e hich kas tang na-bud, aslan jang na- bud, chun solh bud va tanhâ eshq bud. Goli mi-budam va na-mi-guzashtam ke hich qalbi beshakand mesl-e qalb-e man… Man goli hastam ke khodam mi-shakanam, par par mi-shavam, pazhmordeh mi-shavam, khodam ra qorban mi-konam, mimiram, amma be donya zibayi mi-deham va zibayi ra be hame-ye jahaniyan taqdime mi-konam, hatta agar man nafrat ra be eshgh mobaddel mi- ,افرندbarxi-ha mara dust nadarand va az man motn konam va shokr mi-konam khoda ra ke lahze-i tavanestam gol budan ra hess konam… Che hessi dard gol-e eshgh… Kash mi-budam man gol-e eshgh dar dast-e yar-e nazanin ta atr-e…bou-ye mara hess mi-kard

پښتو به الفبای انگلیسی: که زه یوه ګل وای

پوهیږئ؟ ما غوښتل چې د مینې ګل وای، د مینې ګل، د وفا ګل، د دوستی ګل... زه به د نورو ګلوانو تر ځنګ وای، دوی به مې د دوستی درس ورکاوه. ما غوښتل چې د مینې ښوونکی وای، بې وفایې به مې له قطار څخه ایستله. که یو پرواني زما پر پاڼو کښېناسته، زما د خوشبو څخه به مې خوند واخیست، زما د مینې له بوی څخه به نه سیر کېده، تل به له ما سره وه.

که زه یوه ګل وای، ما غوښتل چې هر څوک چې ما سره مینه لري، ما به یې خپلې مور ته، پلار ته، ماشوم ته یا خاوند ته په ډالۍ کې ورکړي... ګل هغه څه دی چې ټول خلک خوښوي، خو ژوند یې لنډ دی... ما غوښتل چې زما ژوند اوږد وای او زما له ګل څخه به په ټوله نړۍ کې درمل جوړ کړي چې د ډاکټرانو درملنه وکړي او ټولې ناروغۍ او دردونه ورک کړي او د ټولو قفلونو کلیډي به وي...

ما غوښتل چې د زړه تنګۍ لپاره درمل وای، چې د چا زړه تنګ نشي، هېڅکله جګړه نه وي، یوازې سوله وي او یوازې مینه وي. زه به یو ګل وای چې بل چا زړه به مات نه کړي لکه زما چې زړه ماتیږي... زه یو ګل یم چې ځان ماتوم، خپل پاڼې پرېږدم، خپل ځان قربانوم، مړه کېږم، خو نړۍ ته ښکلا ورکوم او ټولو خلکو ته یې وړاندې کوم، که څه هم ځینې خلک له ما سره مینه نه لري او له ما کرکه کوي، زه کرکه مینه ته اړوم او خدای ته شکر کوم چې ما د یو ګل په څېر ژوند وکړ...

د مینې ګل څه احساس لري؟ کاش زه د مینې ګل وای د یو نازنین په لاس کې چې زما بوی حس کړي...

این داستان را به سه زبان انگلیس پشتو و فارسی بنویس قسمی که انگلیس زبان ها پشتو و فارسی را خوانده بتوانند

اگر من یک گل میبودم: میدانی؟

میخواستم گل عشق باشم، گل محبت، گل وفا، گل دوستی...

من پهلوی دیگر گلها میبودم برایشان دوستی را درس میدادم میخواستم معلم عشق باشم بیوفایی را از ردیف گلها

میچیدم و اگر پروانه روی برگ من مینشست از عطر من میچشید از بوی خوش محبت من سیر نمیشد، همیشه با من بود.

اگر من یک گل میبودم میخواستم هرکس مرا دوست میداشت، کسی مرا به مادر اش هدیه میداد، کسی مرا به پدر اش، کسی به فرزند و کسی به همسر... این گل است که همه را خوش نگاه میکند اما عمر اش کوتاهست... من میخواستم عمر من بلند باشد و در تمام دنیا میبودم و

از من و عطر من دارویی میساختند که درمان طبیبان شِفا میبود و شفا همه بیماریها، دردها و کلید همه قفلها... میخواستم دوایی باشم برای دل تنگیها، دل هیچ کس تنگ نمیبود اصلا جنگ نمیبود چون صلح میبود و تنها عشق میبود

گلی میبودم و نمیگذاشتم که هیچ قلبی بشکند مانند قلب من... من گلی هستم که خودم میشکنم، پر پر میشوم، پژمرده میشوم، خودم را قربانی میکنم، میمیرم اما به دنیا زیبایی میدهم و زیبایی را به همه جهانیان تقدیم میکنم، حتا اگر برخیها مرا دوست ندارند و از من متنفرند، من نفرت را به عشق مبدل میکنم و شکر میکنم خدا را که لحظهای توانستم گل بودن را حِس کنم... چه حسی دارد گل عشق...

کاش میبودم من گل عشق در دست یار نازنین تا عطر بوی مرا حس میکرد...

نویسنده:

رامش »مفلح« حسینی *داستان مرجان و ویجی*

انگلیسی:

Marjan, a beautiful and creative girl, lived in the ancient city of Herat. She was fascinated by stars and often gazed at the night sky, wondering if each person was born with a special star. One day, she decided to take a journey to discover the truth. At a local fortune teller, she was told that her destiny was tied to a handsome Indian prince named Viji Kumar.

Marjan laughed at the idea, but soon received a message from a handsome stranger on social media, claiming to be Viji. They started chatting, and Marjan found herself drawn to .Viji's charming words and sense of adventure

فارسی به الفبای انگلیسی:

Marjan, dokhtari-e nesbatan ziba va kholq-e, dar shahr-e bastani-e Herat zendegi mi-kard. U aseman va setare-ha ra dust dasht va har shab be aseman negah mi-dasht va be fekr mi- میمkard ke aya emkan darad har kas ba yek setare-ye khass motavaled shavad? Yek ruz tas gereft ke yek safar-e mojaravaneh ra aghaz konad va haqiqat ra keshf konad. Dar yek divan- e fal-bini, be u goftand ke nasib-e shoma yek shahzade-ye hendi-ye khosh surat ast be nam-e Viji Kumar. Marjan khandid va goft: "Bayad serach konam ke nasib-e ensan-ha be setare-ha che rtaeb darad?" U dar internet serach kard va did ke elme nojom dar bare-ye jesm-haye asemani va harakat-haye an-ha tahqiq mi-konad, vali nemi-tavand pish-bini .konad ke che ettefagh-i baraye yek fard-e khass mi-aftehad

پشتو به الفبای انگلیسی:

مرجان، د نجونې او هنري نجلی، د هرات په لرغوني ښار کې اوسېده. هغې اسمان او ستوري ډېر خوښول، او هر شپه به یې اسمان ته کوري او فکر به یې کاوه چې آیا هر کس د خپل ستوري سره زیږېدلی شي؟ یوه ورځ هغې پرېکړه وکړه چې د دې حقیقت د پوهیدو لپاره یو سفر وکړي. د یو فالبین په وینا، د هغې برخې یو هندی شهزاده ویجی کمار دی. مرجان وویل: "باید وڅېړم چې د انسانانو برخې له ستورو سره څه تړاو لري." هغې انترنټ کې وپلټل او وموندل چې ستورپوهنه د اسماني اجسامو او د هغوی د حرکتونو په اړه څېړنه کوي، خو نشي کولی چې د یوه کس لپاره څه وړاندوینه وکړي.

ادامه داستان:

مرجان و ویجی په فیسبوک کې آشنا شدند و بعد از چند پیام، ویجی از مرجان خواست تا در یک قهوهخانه در هرات ملاقات کنند. مرجان که دلش میخواست حقیقت را کشف کند، پذیرفت. آنها قرار گذاشتند و...

داستان مرجان، دختر مسلمان و ویجی از اهل هنود:

مرجان دختر نهایت زیبا، مقبول، جذاب و خوشتیپ با روح خلاق و کنجوکاو که همیشه در جستوجوی حقیقت زندگی

است. در شهر علم و فرهنگ؛ یعنی هرات باستان که شبهای پر ستارهاش آسمان را به شدت در خشان میکرد. مرجان از دوران کودکی به ستارهها علاقه داشت و هر شب به آسمان نگاه میدوخت و باخود به فکر میکرد که آیا ممکن است هر انسان با یک ستارهی خاص متولد شود؟ او تصمیم گرفت در روز تولدش بهیک سفر ماجرا جویانه برود و تا حقیقت این باور را کشف کند.

در روز تولد خواست در شهر برود و جستوجو کند، دید مردی ژولیده نزدیک زیارت خواجه علی موفق نشسته طالع میبیند ده افغانییه مرد داده و گفت: میتوانی ستارهی طالع مرا ببینی و بخوانی؟

مرد پرسید:

تو در کدام ماه تولد شدی، کدام روز، کدام ساعت؟

مرجان تبسم کرده گفت: نمیدانم اما تولد من ماه حمل است! مرد به وی گفت:

تو خیلی طالعمند هستی و به نصیب تو یک جوان نهایت مقبول و بچهی پادشاه هندوستان است و نکاح تو با یک پسر هندی است!

مرجان با تعجب خندید... آن مرد طالع بین اضافه کرد که مرجان شخصیت تو تحت تاثیر ستارهی خاص است و خطوط دستهایت با ستارهها در ساعت تولدت گِره خوردهاست و میگوید چهرهی تو نشان دهندهی روحیه پر شور و جسور تو است

مرجان گفت:

باید سرچ کنم از گوگل یا هوش مصنوعی که سرنوشت انسانها به ستارهها چه ربط دارد... هوش مصنوعی جواب داد:

ستارهها و سیارات تأثیر مستقیمی بر سرنوشت انسانها ندارند؛ علم نجوم به بررسی اجسام آسمانی و حرکتهای آنها میپردازد، اما نمیتواند پیشبینی کند که چه اتفاقی برای یک فرد خاص خواهد افتاد. نجوم به ما کمک میکند تا درک بهتری از جهان داشته باشیم، اما به سرنوشت فردی ارتباطی ندارد.

طالعبینی: در بسیاری از فرهنگها، اعتقاد به طالعبینی و تأثیر ستارهها و سیارات بر شخصیت و سرنوشت انسانها وجود دارد. طالعبینی بر این باور است که موقعیت سیارات در زمان تولد یک فرد میتواند بر ویژگیهای شخصیتی و رویدادهای زندگی او تأثیر بگذارد. به عنوان مثال: بر اساس تاریخ تولد ممکن است فردی در یک "علامت زودیاک" خاص قرار گیرد که ویژگیهای خاصی را به او نسبت میدهد.

فرهنگ و ذهنیت: بسیاری از مردم به طالعبینی اعتقاد دارند و ممکن است بر اساس آن تصمیمگیری کنند. این اعتقادات میتواند بر رفتار و روانشناسی فرد تأثیر بگذارد، حتی اگر از نظر علمی اثبات نشده باشد!

مرجان به این نتجه رسید که پایه علمی ندارد و

یک لحظه دید جوان خیلی مقبول در فیسبوک برایش پیام میدهد و خواست ببیند که کی است؟ دید یک جوان

خیلی جذاب مقبول چه پیامهای عاشقانه داده، تبسم کرد...

مر جان با لبخندی که بر لب داشت، پیامهای جوان را یکی یکی میخواند. او نامش را در پروفایلش دید: ویجی کمار... پیامهایی که ویجی برایش فرستاده بود، شامل جملات دلنشین و زیبا بود که نشان از علاقه و توجه او به مرجان بود.

ویجی نوشته بود: " مرجان، ستارهها در شبهای پرستاره هرات، درخشانتر از همیشه هستند، اما هیچکدام به زیبایی چشمان تو نیستند." این جمله قلب مرجان را به تپش انداخت و او به یاد کلمات طالعبین افتاد که دربارهی نصیبش از یک جوان جذاب گفته بود.

مرجان تصمیم گرفت که به ویجی پاسخ دهد. با دقت و حوصله نوشت: "شاید ستارهها به من بگویند که تو در زندگیام نقش مهمی خواهی داشت. اما آیا میتوانی برای من بیشتر از اینها بگویی؟"

چند دقیقه بعد، ویجی جواب داد: "چرا که نه؟

من همیشه به دنبال حقیقت و زیبایی در زندگی هستم، و به نظر میرسد که تو هر دو را در خود داری، میخواهی در یک

قهوهخانهی محلی در هرات نزدیک چوک گلها ملاقات کنیم؟"

مرجان ناگهان هیجانزده شد. او از یک طرف میترسید و از طرف دیگر، حس کنجوکاوی و اشتیاقش او را به سوی این ملاقات میکشانید. به یاد سفر ماجراجویانهاش افتاد و تصمیم گرفت این فرصت را از دست ندهد.

قسمت دوم داستان مرجان و ویجی

انگلیسی:

On the day of their meeting at the coffee shop, Marjan's heart was filled with hope and anxiety. When she saw Viji, her heart skipped a beat. He smiled and approached her, saying, "Hello, dear Marjan, I'm so glad to finally meet you." Marjan couldn't help but think of the stars that had brought them together. As they talked, Viji shared his love for stars, saying, "Each star represents a dream, and I feel like we two met on a starry night." Marjan and Viji's love blossomed, but they soon faced significant challenges. Marjan's traditional family opposed their relationship, and they had to navigate the complexities of their .different backgrounds

فارسی به الفبای انگلیسی:

Marjan ba deli por az omid va ezdarar be anja raft. Vaghti Viji کافی شاپ، Rooz-e molaghat dar ra did, ghalbash be tapesh oftad. U ba labkhand be ou nazdik shod va goft: "Salâm banou- ye Marjan aziz, khosh-hâlem ke balâkhe didametan." Marjan be yâd-e an setare-hâ oftâd ke ou râ be inja keshânide budand. Dar hîn-e mokâleme, Viji be ou goft: "Man ham hamishe be setare-hâ elâgh mand boode-âm. Barâye man har setare nemâd-e yek ârzou ast va be nazar mi-resad ke mâ do nafar dar yek shab-e por setare be yekdigar residim." Marjan va Viji be sorat-e sari' be yekdigar nazdik shodand. Har didâr-e jadid, dâstân-e tâze-i be zendegi-ye an-ha mi-afzood. Ba in hâl, eshq-e an-ha be zoodi bâ châlesh-hâ-ye bozorg-tar ro-be-ro .shod

پشتو به الفبای انگلیسی:

د لیدو ورځ په کافی شاپ کې، مرجان د یو ډک زړه او اضطراب سره ورغله. کله چې یې ویجی ولید، زړه یې ودرېد. هغه موسکا کړه او ورغی ورته وویل: "سلام باندې جان مرجان لورې، خوشحاله شو چې تاته راغلم." مرجان د هغو ستورو یادونه وکړه چې دوی یې یو بل ته راوستلي وو. د دوی په خبرو اترو کې، ویجی ورته وویل: "زه هم تل د ستورو سره مینه لرم. هر ستوری د یو خوب استازیتوب کوي، او زما په اند موږ دواړه د یوې شپې پر ستورو یو بل ته ورسیدو." مرجان او ویجی په چټکی سره یو بل ته نږدې شول. هر نوی لیدل، د دوی ژوند ته یوه نوې کیسه ورزیاته کړه. پداسې حال کې چې د دوی مینه په چټکی سره د لویو ننګونو سره مخ شوه.

قسمت دوم داستان را به سه لبسان بنویس لطفن

روز ملاقات در قهوهخانه، مرجان با دلی پر از امید و اضطراب به آنجا رفت. وقتی ویجی را دید، قلبش به تپش افتاد. او با لبخند به او نزدیک شد و گفت: "سلام بانو مرجان عزیز، خوشحالم که بالاخره دیدمت."

مرجان بهیاد آن ستارهها افتاد که او را به اینجا کشانده بودند. در حین مکالمه، ویجی به او گفت: "من هم همیشه به ستارهها علاقهمند بودهام. برای من هر ستاره نماد یک آرزو است و به نظر میرسد که ما دو نفر در یک شب پرستاره به یکدیگر رسیدیم."

مرجان و ویجی به سرعت به یکدیگر نزدیک شدند. هر دیدار جدید، داستانی تازه به زندگی آنها میافزود. با این حال، عشق آنها به زودی با چلشهای بزرگتری روبهرو شد. مرجان، دختر خانوادهای سنتی و متعصب بود و فامیلش به هیچ وجه حاضر نبودند که او با یک پسر هندو، از قوم سیکها، ازدواج کند.

روزی مرجان با ویجی در باغی در حاشیه شهر نشسته بودند و در مورد آرزوها و آیندهشان صحبت میکردند.ویجی با اشتیاق گفت: "من همیشه دوست داشتم با کسی که به او عشق میورزم، زندگی کنم. تو برای من همه چیز هستی."

مرجان با نگاهی پر از امید و اندکی نگرانی پاسخ داد: "من هم همین احسلس را دارم، اما نمیدانم که خانوادهلم چه واکنشی نشان خواهند داد. آنها همیشه به سنتها و رسوم خود پایبند بودند."

چند روز بعد، مرجان تصمیم گرفت که حقیقت را به خانوادهاش بگوید. او در یک شب پرستاره، با دلی پر از اضطراب و

ترس، به خانوادهاش گفت که با ویجی آشنا شده و او را دوست دارد. واکنش خانوادهاش شدید و غیر منتظره بود. پدرش با صدایی خشمگین گفت: "چطور جرأت میکنی به ما بگویی که با یک پسر هندو دوست شدهای؟ این یک افتخار نیست، بلکه یک ننگ است!"

مرجان با چشمان پر از اشک به پدرش نگاه کرد و گفت: "اما پدر، عشق من به ویجی واقعی است. آیا نمیتوانید به احساسات من احترام بگذارید؟"

مادرش با چهرهای مغموم ادامه داد: "ما نمیتوانیم این را بپذیریم. این رابطه میتواند به مشکلات بسیاری منجر شود. باید به فکر آیندهات باشی."

با گذشت روزها، فشار خانواده بر مرجان افزایش یافت. او مجبور بود میان عشق و خانواده یکی را انتخاب کند. در این میان ویجی هم با چلشهای خود روبهرو بود. او نیز از مخلفت خانواده مرجان آگاه شده و به او گفت: "من هرگز نمیخواهم که تو را مجبور کنم... مدتی ویجی را ندید اما عشق او روز به روز بیشتر میشد و راجع به مرد طالع بین فکر کرد، رفت دوباره نزد مرد فال بین و قصه را بیان کرده، گفت: چه کار کنم؟ من واقعن این جوان را دوست دارم برای من کمک کن! مرد طالع بین که ملا شهنواز نام داشت، گفت: دو تا تعویذ میدهم و دوتا دودی

که دودی را صبح و شام دود کن و تعویذ را یکی زیر سر پدر خود بگذار و یک تعویذ دیگر را به گردن خود بسته کن، دعا هم کرد، گفت: وقتی کار شد باید دوصد افغانی برایم شرینی بدهی!

مرجان قبول کرد و مطابق دستور انجام داد که مادر مرجان گفت دخترم من خیلی فکر کردم من همرای پدر تو صحبت

کردم ما خوشی ترا میخواهیم اگر ویجی مسلمان شود ماحاضر هستیم ترا به عقد او در بیاوریم...

مرجان موضوع و شرط خانوادهلش را برای ویجی هو به هو و بینه به بینه حکایت نمود و از اینکه عشق پیروز زندگی میاشد، ویجی نیز به دین اسلام مشرف گردید و نکاح شان را طبق سنت و دین مبین اسلام بستند و پس از گذشت چند ماه از ازدواج، مرجان و ویجی زندگی شاد و آرامی را در کنارهم آغاز کردند. آنها با هم به دنبال رویاهای خود میرفتند و سعی میکردند تا به یکدیگر پایبند بمانند. مرجان و ویجی با وجود موانع و چالشهای بسیار، با عشق و ایمان به یکدیگر، زندگی شاد و زیبایی را رقم زدند.

قسمت خاتمه کتاب

انگلیسی:

In the end, Marjan and Viji's love story became a beacon of hope for those who believed in the power of true love. Despite the obstacles they faced, their bond grew stronger, and they proved that love knows no boundaries. Their journey taught them that when two hearts beat as one, nothing is impossible. As they looked up at the starry sky, they knew that their love would shine bright forever

فارسی به الفبای انگلیسی:

Dar payan, dâstân-e eshq-e Marjan va Viji tabdil be cheraqi az omid barâye ksan-e shod ke be qodrat-e eshq-e râsti e'teqâd dârand. Bâ vojod-e mosâebât, payvand-e an-ha qavi-tar shod va neshan dâdand ke eshq hadd va marz nemi-shenâsad. Safar-e an-ha be an-ha yâd dâd ke vaghti do qalb hamâhang mishavad, hich chiz gheyre momken nist. An-ha be âsemân-e por setare negâh mi-kardand va mi-dânestând ke eshq-e an-ha hameshe.tâbande khâhad bud

پښتو به الفبای انگلیسی:

په پای کې، د مرجان او ویجی د مینې کیسه د هغو کسانو لپاره د امید چراغ شو چې د ریښتینې مینې په ځواک باور لري. د دوی د مینې اړیکه قوي شوه او دوی ثابته کړه چې مینه سرحد نه پېژني د دوی سفر هغوی ته وښودله چې کله دوه زړونه یو ځای شي، نو هیڅ شی ناشونی نه دی. دوی د ستورو ډک اسمان ته وکتل او پوه شول چې د دوی مینه به د تل لپاره روښانه وي.

You want a list of vocabulary words in English, Dari, and Pashto. Here's an expanded list of 100 words:

Greetings

1. Hello -) سلامSalam) -) سلامSalam)

2. Goodbye -) خداحافظKhoda Hafiz) -) پامبنالهPāmṣala)

3. Good morning -) بخير صبحSobh bekheir) -) خير به سهارSahār ba kheyr)

4. Good afternoon -) بخير ظهرZohr bekheir) -) خير به غرميGhramey ba kheyr)

5. Good evening -) بخير شبShab bekheir) -) خير به مابنامMāṣām ba kheyr)

Basic Phrases

6. Thank you -) تشكرTashakor) -) مننهManana)

7. Yes -) بلهBaleh) -) هوHo)

8. No -) نهNah) -) نهNa)

9. Excuse me -) ببخشيدBebakhshid) -) وکړئ بښنهBuṣna wukarī)

10. Sorry -) ميخواهم معذرتMaẓrat mikhwāham) -) غواړم بښنهBuṣna ghwazam)

Food

11. Food -) غذاGhaza) -) ډوډیḌoḍai)

12. Water -) آبĀb) -) اوبهOba)

13. Bread -) نانNān) -) ډوډیḌoḍai)

14. Fruit -) میوهMīwe) -) مېوهMewa)

Shopping

15. Book -) کتابKetāb) -) کتابKitāb)

16. Shop -) مغازهMaghāza) -) دوکانDukān)

17. Money -) پولPūl) -) پیسيPese)

Directions

18. Left -) چپChap) -) اړخ کیڼKīṇ aṛakh)

19. Right -) راستRāst) -) اړخ ښيṢī aṛakh)

20. Straight -) مستقیمMastaqīm) -) مستقیمه پرPar mustaqīma)

Here's an expanded list of vocabulary words in English, Dari, and Pashto:

Family

1. Mother - (مورMādar) - (مورMor)

2. Father - (پدرPadar) - (پلارPlār)

3. Brother - (برادرBarādar) - (ورورWror)

4. Sister - (خواهرKhāhar) - (خورKhwor)

5. Husband - (شوهرShohar) - (خاوندKhāwand)

6. Wife - (زنZan) - (ښځهṢkha)

Travel

7. Hotel - (هتلHotal) - (هوټلHoṭel)

8. Airport - (فرودگاهFarūdgāh) - (هوايي ډگرHawayī ḍagar)

9. Train - (قطارQaṭār) - (اورگاډیOrgāḍī)

10. Bus - (اتوبوسAtobūs) - (بسBas)

Food

11. Rice - (برنجBerenj) - (وريجېWurijē)

12. Chicken - (مرغMorgh) - (چرگCharg)

13. Fish - (ماهیMāhī) - (ماهیMāhī)

14. Fruit - (میوهMīwe) - (مېوهMewa)

Body

15. Head - (سرSar) - (سرSar)

16. Eye - (چشمChashm) - (سترگهStarga)

17. Ear - (گوشGūsh) - (غوږGhūẓ)

18. Hand - (دستDast) - (لاسLās)

Numbers

19. One - (یکYak) - (یوYau)

20. Two - (دوDu) - (دوهDwa)

21. Three - (سهSe) - (درېDre)

22. Four - (چهارChahār) - (څلورTsālwar)

23. Five - (پنجPanj) - (پنځهPindz) Here's more:

Numbers

24. Six - (ششShash) - (شپږShpag)

25. Seven - (هفتHaft) - (اووهOwo)

26. Eight - (هشتHasht) - (اتهAte)

27. Nine - (نهNoh) - (نههNaha)

28. Ten - (دهDah) - (لسLas)

Time

29. Today -) امروزEmrūz) -) ننNan)

30. Tomorrow -) فرداFardā) -) سباSaba)

31. Yesterday -) ديروزDīrūz) -) پرونParun)

32. Hour -) ساعتSā’at) -) ساعتSā’at)

Directions

33. North -) شمالShimāl) -) شمالShimāl)

34. South -) جنوبJanūb) -) خوا سويلSwil kha)

35. East -) شرقSharq) -) ختيځKhitiz)

36. West -) غربGharb) -) لوېديځLwediẓ)

Colors

37. Red -) سرخSorkh) -) سورSur)

38. Blue -) آبیĀbī) -) نيلNīl)

39. Green -) سبزSabz) -) شينShīn)

40. Yellow -) زردZard) -) زيرZiyār) Here's more:

Animals

41. Dog -) سگSag) -) سپیSpay)

42. Cat -) گربهGorbe) -) پیشوPishoo)

43. Lion -) شیرShir) -) زمریZmarai)

44. Elephant -) فیلFīl) -) فیلFīl)

Nature

45. Mountain -) کوهKūh) -) غرGhar)

46. River -) رودخانهRūdkhāneh) -) سیندSīnd)

47. Tree -) درختDerakht) -) ونهWuna)

48. Flower -) گلGol) -) گلGol)

Food

49. Tea -) چایChāy) -) چایChāy)

50. Bread -) نانNān) -) ډوډیḌoḍai)

Travel

51. Hotel -) هتلHotal) -) هوټلHoṭel)

52. Ticket -) بلیتBilit) -) ټیکټṬikaṭ)

53. Passport -) گذرنامهGoذرnāme) -) پاسپورتPāsport)

Shopping

54. Money - (پولPūl) - (پيسيPese)

55. Shop - (مغازهMaghāza) - (دوکانDukān)

56. Market - (بازارBāzār) - (بازارBāzār) Here's more:

Health

57. Doctor - (دکترDoktor) - (ډاکترḌāktr)

58. Hospital - (بیمارستانBīmārestān) - (روغتونRōghtūn)

59. Medicine - (دواDawā) - (درملDarmal)

60. Body - (بدنBadan) - (بدنBadan)

Family

61. Grandfather - (پدر بزرگPadar bozorg) - (نیکهNīkha)

62. Grandmother - (مادر بزرگMādar bozorg) - (اناAnā)

63. Uncle - (عموAmū) - (کاکاKākā)

64. Aunt - (عمهAmme) - (ترورTror)

Education

65. School -) مکتب Maktab) -) ښوونځی Şwoonzei)

66. Teacher -) معلم Moallem) -) ښوونکی Şwoonakai)

67. Student -) شاگرد Shāgird) -) زده کوونکی Zada kownakai)

68. Book -) کتاب Ketāb) -) کتاب Kitāb)

Work

69. Job -) کار Kār) -) کار Kār)

70. Office -) اداره Edāra) -) اداره Edāra)

71. Boss -) رئیس Ra'īs) -) مشر Mashar)

72. Employee -) کارمند Kārkon) -) مامور Māmūr) Here's more:

Emotions

73. Happy -) خوشحال Khoshhāl) -) خوشحاله Khwshāla)

74. Sad -) غمگین Ghamgīn) -) خفه Khafa)

75. Angry -) عصبانی Asabānī) -) په قهر Pah qahr)

76. Love -) عشق Eshq) -) مینه Mīna)

Travel

77. Airport - (فرودگاه Farūdgāh) - (هوايي ډګر Hawayī ḍagar)

78. Train - (قطار Qaṭār) - (اورګاډی Orgāḍī)

79. Bus - (اتوبوس Atobūs) - (بس Bas)

80. Taxi - (تاکسی Tāksī) - (ټکسي Ṭaksī)

Food

81. Restaurant - (رستوران Restorān) - (رستورانت Restorānt)

82. Menu - (منو Menū) - (مینو Menū)

83. Water - (آب Āb) - (اوبه Oba)

84. Bread - (نان Nān) - (ډوډی Ḍoḍai)

Shopping

85. Store - (مغازه Maghāza) - (دوکان Dukān)

86. Market - (بازار Bāzār) - (بازار Bāzār)

87. Money - (پول Pūl) - (پیسې Pese)

88. Credit card - (کارت اعتباری Kārt e'tebārī) - (کریډیټ کارډ Krīḍīṭ kāṛḍ)

Here's more:

Weather

89. Sunny - (آفتابی Āftābī) - (لمر وړی Lamar waṛai)

90. Rain - (باران Bārān) - (باران Bārān)

91. Snow - (برف Barf) - (واوره Wawra)

92. Cloud - (ابر Abr) - (وریځ Worēzh)

Directions

93. Left - (چپ Chap) - (کيڼ اړخ Kīṇ aṛakh)

94. Right - (راست Rāst) - (ښي اړخ Ṣī aṛakh)

95. Straight - (مستقیم Mastaqīm) - (پر مستقيمه Par mustaqīma)

96. Forward - (جلو Jelō) - (مخته Mukhta)

Time

97. Now - (حالا Hālā) - (اوس Os)

98. Later - (بعدا Ba'dan) - (وروسته Wrosta)

99. Today - (امروز Emrūz) - (نن Nan)

100. Tomorrow - (فردا Fardā) - (سبا Saba)

Here's more:

Family Relations

101. Father-in-law -) زن پدر (Padar zan) -) خسر (Khasar)

102. Mother-in-law -) زن مادر (Mādar zan) -) خونه (Khwuna)

103. Brother-in-law -) زن برادر (Barādar zan) -) ورونه (Wror zān)

104. Sister-in-law -) زن خواهر (Khāhar zan) -) زه خور (Khwor zah)

Education

105. University -) دانشگاه (Dāneshgāh) -) پوهنتون (Pohantoon)

106. Student ID -) کارت دانشجویی (Kārt dāneshjūyī) -) د زده کوونکو کارت (Da zada kownako kārt)

107. Library -) کتابخانه (Ketābkhāneh) -) کتابتون (Kitābtoon)

108. Professor -) استاد (Ostād) -) پوهاند (Pohānd)

Work

109. Office -) اداره (Edāra) -) اداره (Edāra)

110. Meeting -) جلسه (Jalsa) -) ناسته (Nāsta)

111. Project -) پروژه (Poro) (ژه - پروژه (Poro(ژه)

112. Deadline -) مهلت (Mahlat) -) وخت (Wakht)

Health

113. Doctor's office -) مطبMatab) -) کلینیکKlinīk)

114. Hospital room -) بیمارستان اتاقOṭāq bīmārestān) -) خونه روغتون دDa roghtoon khāna)

115. Medicine -) دواDawā) -) درملDarmal)

116. Nurse -) پرستارParastār) -) نرسNars) Here's more:

Travel

117. Hotel room -) هتل اتاقOṭāq hotel) -) کوټه هوټل دDa hoṭel kōṭa)

118. Passport -) گذرنامهGoذرnāme) -) پاسپورتPāsport)

119. Boarding pass -) پرواز کارتKārt parwāz) -) کارت الوتنې دDa alwatana kārt)

120. Travel agency -) مسافرتی آژانسĀzhāns masāferatī) -) اداري سفر دDa safar ādārē)

Food

121. Restaurant -) رستورانRestorān) -) رستورانتRestorānt)

122. Menu -) منوMenū) -) مینوMenū)

123. Bill -) صورتحسابṢūratḥesāb) -) بیلBēl)

124. Tip -) انعامEnʿām) -) ټیپṬīp)

Shopping

125. Mall -) خرید مرکز Markaz kharīd) - (مرکز سوداگریز Sūdāgarīz markaz)

126. Store -) مغازه Maghāza) - (دوکان Dukān)

127. Shopping bag -) خرید کیسه Kīsa kharīd) - (کڅوړه پیرود د Da pērūd kuṭsawra)

128. Discount -) تخفیف Takhfīf) - (تخفیف Takhfīf)

Communication

129. Phone -) تلفن Telefon) - (تلیفون Telīfūn)

130. Email -) ایمیل Eymayl) - (برېښنالیک Brēṣnālik)

131. Message -) پیام Payām) - (پیغام Pai ghām)

132. Letter -) نامه Nāme) - (لیک Līk) Here's more:

Technology

133. Computer -) کامپیوتر Kāmpeywter) - (کمپیوټر Kampyūṭer)

134. Internet -) اینترنت Internet) - (انټرنېټ Anṭernēṭ)

135. Phone number -) تلفن شماره Shomāra telefon) - (شمیره تلیفون دDa telīfūn shamīra)

136. Website -) سایت وب Web sāit) - (سایټ ویب Wēb sāiṭ)

Travel Transportation

137. Train station -) قطار ایستگاه Istgāh qaṭār) - (د اورګاډي تمځای Da orgāḍī tamzāy)

138. Bus stop -) اتوبوس ایستگاه Istgāh otobūs) - (د بس تمځای Da bas tamzāy)

139. Taxi stand -) تاکسی ایستگاه Istgāh tāksī) - (د ټکسي تمځای Da ṭaksī tamzāy)

140. Bike rental -) دوچرخه کرایه Kerāya docharkha) - (د موټرسایکل کرایه Da mōṭarsāykal kerāya)

Food and Drink

141. Restaurant menu -) رستوران منوی Menu restorān) - (د رسټورانت مینو Da restorānt menu)

142. Coffee shop -) کافی شاپ Kāfī shāp) - (قهوه خانه Qahwa khāna)

143. Tea house -) چای خانه Chāy khāna) - (چای خانه Chāy khāna)

144. Juice bar -) آبمیوه فروشی Ābmewa forushi) - (د جوس بار Da jūz bār) Here's more:

Health and Wellness

145. Gym - (ورزشی باشگاهBāshgāh varzeshī) - (مرکز جوړوني بدن دDa badan jorwonē markaz)

146. Yoga studio - (یوگا استودیویOstādiyow yogā) - (مرکز یوګا دDa yūgā markaz)

147. Hospital - (بیمارستانBīmārestān) - (روغتونRōghtūn)

148. Pharmacy - (داروخانهDārūkhāna) - (درملتونDarmalṭūn)

Finance

149. Bank - (بانکBānk) - (بانکBānk)

150. ATM - (خودپرداز دستگاهDastgāh khodpardāz) - (ماشین پیسو دDa pēso māšīn)

151. Credit card - (اعتباری کارتKārt e'tebārī) - (کارډ کریډیټKrīḍīṭ kāṛḍ)

152. Money exchange - (صرافیṢarrāfī) - (تبادله پیسو دDa pēso tabādala)

Travel

153. Hotel lobby -) هتل لابی Lābī hotel) -) د هوټل ننه کړی Da hoṭel nana kṛī)

154. Travel guide -) سفر راهنمای Rāhnamāy safar) -) لاربنود سفر دDa safar lārsheed)

155. Map -) نقشه Naqsha) -) نقشه Naqsha)

156. Tourist attraction -) توریستی جاذبه Jāzba tūrīstī) -) ځای لپاره د سیلان کونکو Da sēlān kawonko lapaara dzāy)

Here's more:

Business

157. Meeting room -) جلسه اتاق Oṭāq jalsa) -) د ناستې خونه Da nāstē khowna)

158. Conference call -) کنفرانس تماس Tamās konfrāns) -) تماس د کانفراس Da kānfirāns tamās)

159. Business trip -) کاری سفر Safar kārī) -) د کار سفر Da kār safar)

160. Client -) مشتری Moshterek) -) پیرودونکی Pērūdonkai)

Education

161. University campus -) دانشگاه پردیس Pardīs dāneshgāh) -) کیمپس پوهنتون د Da pohantoon kampus)

162. Library -) کتابخانه Ketābkhāna) -) کتابتون Kitābtoon)

163. Professor -) استاد Ostād) -) پوهاند Pohānd)

164. Research paper -) پژوهشی مقاله Maqāla pazhūheshī) -) لیکنه څېړنې د Da zheyrē likna)

Technology

165. Software -) افزار نرم Narm afzār) -) ساوټویر Sāwṭwēr)

166. App -) اپلیکیشن Aplīkīshn) -) اپلیکیشن Aplikēshn)

167. Website design -) سایت وب طراحی Ṭarāḥī web sāit) -) ډیزاین سایټ ویب د Da wēb sāiṭ ḍīzayn)

168. Cybersecurity -) سایبری امنیت Amniyat sāyberī) -) امنیت سایبر دDa sāybar amniyat) Here's more:

Environment

169. Recycling -) بازیافت Bāzāft) -) کارول بیا Bayā kārol)

170. Park -) پارک Pārk) -) پارک Pārk)

171. Climate change -) اقلیم تغییر Taghyīr eqlīm) -) د اقلیم بدلون Da eqlīm badloon)

172. Conservation -) حفاظت Hefāzat) -) ساتنه Sātna)

Travel

173. Tourist -) توریست Tūrīst) -) سیلانی Sēlānī)

174. Hotel star rating -) رتبه ستاره هتل Rotbe setāra hotel) -) درجه
د هوټل ستوري Da hoṭel storai daraja)

175. Travel insurance -) بیمه مسافرتی Bīme masāferatī) -) بیمه سفر
د Da safar bīma)

176. Passport control -) کنترل گذرنامه Kontrol goذرnāme) -) کنترول
د پاسپورټ Da pāspōrṭ kontrol)

Food

177. Restaurant reservation -) رزرو رستوران Rezerv restorān) -)
د رستورانت ریزرو Da restorānt rezerv)

178. Food delivery -) تحویل غذا Takhwīl ghazā) -) د خواړو تحویل Da
khwāṛo takhwīl)

179. Recipe -) دستور پخت Dastūr pakht) -) د پخلي لارښود Da pakhali
lārṣhud)

180. Food allergy -) آلرژی غذایی Ālerjī ghazāyī) -) د خواړو الرجی Da
khwāṛo alarjī)

Here's more:

Sports

181. Football -) فوتبالFutbāl) -) فوټبالFūṭbāl)

182. Basketball -) بسکتبالBasketbāl) -) بسکټبالBasketbāl)

183. Tennis -) تنیسTenis) -) ټینسṬenis)

184. Swimming -) شناShinā) -) لامبوLāmbū)

Music

185. Guitar -) گیتارGītār) -) ګیټارGītār)

186. Piano -) پیانوPiyāno) -) پیانوPiyāno)

187. Singing -) خوانی آوازĀwāz khānī) -) ویل سندرهSandara wēl)

188. Concert -) کنسرتKonsert) -) کنسرټKonsart)

Art

189. Painting -) نقاشیNaqqāshī) -) انځورګريAnẓwargari)

190. Sculpture -) سازی مجسمهMojassameh sāzī) -) جوړونه مجسمهMujassama jorawna)

191. Photography -) عکاسیAkāsī) -) اخیستنه انځورAnẓwar akhīstana)

192. Dance -) رقصRaqṣ) -) نڅاNaẓā)

Here's more:

Holiday and Celebrations

193. Birthday -) تولد سالگرد Sālgerd tavallod) -) د زوکړې ورځ Da zūkṛē wrẓa)

194. Wedding -) عروسی Arūsī) -) واده Wāda)

195. New Year -) نو سال Sāl now) -) کال نوی Nawī kāl)

196. Holiday -) تعطیلات Taʿṭīlāt) -) رخصتي Rakhsati)

Shopping

197. Mall -) خرید مرکز Markaz kharīd) -) مرکز سوداګریز Sūd)

198. Department store -) بزرگ فروشگاه Forūshgāh bozorg) -) پلورځي لوی Lōī palōṛzai)

199. Online shopping -) اینترنتی خرید Kharīd internetī) -) پیرود آنلاین Ānlayn pērūd)

200. Discount -) تخفیف Takhfīf) -) تخفیف Takhfīf) Here's more:

Travel Documents

201. Passport -) گذرنامه Goذرnāme) -) پاسپورټ Pāsport)

202. Visa -) ویزا Vīzā) -) ویزا Vīzā)

203. Boarding pass -) پرواز کارت Kārt parwāz) -) د الوتني کارت Da alwatana kārt)

204. Travel itinerary -) سفر برنامه Barname-ye safar) -) پلان سفر دDa safar plān)

Food and Drink

205. Restaurant bill -) رستوران صورتحساب (- Ṣūratḥesāb restorān) -) بيل رستورانت د Da restorānt bēl)

206. Menu -) منو (- Menū) -) مينو Menū)

207. Food allergy -) غذایی آلرژی (- Ālerjī ghazāyī) -) الرجی خواړو د Da khwāṛo alarjī)

208. Recipe -) پخت دستور (- Dastūr pakht) -) لارښود پخلي د Da pakhali lārṣhud)

Health

209. Doctor's appointment -) دکتر نوبت (- Nawbat doktōr) -) وخت ډاکټر د Da ḍāktr wakht)

210. Prescription -) نسخه (- Nosakh) -) نسخه Nosakh)

211. Medicine -) دارو (- Dārū) -) درمل Darmal)

212. Hospitalization -) بیمارستان در بستری (- Bastari dar bīmārestān) -) داخلېدل ته روغتونی (- Rōghtonī tā dahālēdal)

Here's more:

Business

213. Meeting -) جلسه (- Jalsa) -) ناسته Nāsta)

214. Conference -) کنفرانس (- Konferānce) -) کنفرانس Konferāns)

215. Business trip -) کاری سفر (- Safar kārī) -) سفر کار د Da kār safar)

216. Report -) گزارش (- Goẓaresh) -) راپور Rāpōr)

Education

217. University -) دانشگاهDāneshgāh) -) پوهنتونPohantoon)

218. Professor -) استادOstād) -) پوهاندPohānd)

219. Student -) دانشجوDāneshjū) -) کوونکی زدهZada kownakai)

220. Thesis -) نامه پایانPāyān nāme) -) تېزTēz)

Technology

221. Computer -) کامپیوترKāmpeywter) -) کمپیوټرKampyūṭer)

222. Internet -) اینترنتInternet) -) انټرنېټAnṭernēṭ)

223. Email -) ایمیلEymayl) -) برېښنالیکBrēṣnālik)

224. Software -) افزار نرمNarm afzār) -) ساوټویرSāwṭwēr)

Here's more:

Family

225. Husband -) شوهرShawhar) -) مېړهMēṛah)

226. Wife -) زنZan) -) مېرمنMērmān)

227. Children -) فرزندانFarzandān) -) ماشومانMāshūmān)

228. Parents -) والدینWālidīn) -) پلار او مورMūr aw plār)

Emotions

229. Love - (عشقEshq) - (مینهMīna)

230. Happiness - (شادیShādī) - (خوشحاليKhushhālī)

231. Sadness - (غمGham) - (خفگانKhafgān)

232. Anger - (خشمKheshm) - (قهرQahr)

Nature

233. Sun - (آفتابĀftāb) - (لمرLmar)

234. Moon - (ماهMāh) - (سپوږمیSpōẓmī)

235. Mountain - (کوهKūh) - (غرGhar)

236. River - (رودخانهRūdhāna) - (سیندSēnd)

Here's more:

Time

237. Second - (ثانیهSānīye) - (ثانیهSānīye)

238. Minute - (دقیقهDaqiqa) - (دقیقهDaqiqa)

239. Hour - (ساعتSāʿat) - (ساعتSāʿat)

240. Day - (روزRūz) - (ورځWrẓa)

Directions

241. Left - (چپ Chap) - (چپ Chap)

242. Right - (راست Rāst) - (ښي Ṣhē)

243. Forward - (جلو Jelō) - (مخکي Mukhkā)

244. Backward - (عقب Aqab) - (شا Shā)

Shapes

245. Circle - (دایره Dāyera) - (کړی Kṛī)

246. Square - (مربع Morabbaʿ) - (څلورگوشه Ẓalōr gōsha)

247. Triangle - (مثلث Mosallas) - (درې گوشه Dre gōsha)

248. Rectangle - (مستطیل Mostatil) - (څلور گوشه Ẓalōr gōsha)

Here are some more women's rights-related words in Pashto and Dari:

Women's Rights

1. Equality - (برابري Barābarī) - (مساوات Musāwāt)

2. Empowerment - (توانمندي Tawānmundī) - (توانمندي Tawānmundī)

3. Freedom - (آزادی Āzādī) - (آزادی Āzādī)

4. Justice - (عدالت ʿAdālat) - (عدالت ʿAdālat)

5. Protection - (حفاظت Hifāẓat) - (حفاظت Hifāẓat)

Women's Issues

6. Domestic violence - (خشونت خانگی Khshūnat khānagī) - (خشونت خانگی Khshūnat khānagī)

7. Discrimination - (تبعیض Tabʿīẓ) - (تبعیض Tabʿīẓ)

8. Harassment - (آزار Āzār) - (آزار Āzār)

9. Abuse - (بدرفتاری Bad raftārī) - (بدرفتاری Bad raftārī)

10. Exploitation - (استثمار Istismār) - (استثمار Istismār)

Women's Empowerment

11. Education -) تحصیلاتTahṣīlāt) -) تحصیلاتTahṣīlāt)

12. Employment -) اشتغالIshtighāl) -) اشتغالIshtighāl)

13. Leadership -) رهبرىRahbarī) -) رهبرىRahbarī)

14. Participation -) مشاركتMushārakat) -) مشاركتMushārakat)

15. Rights -) حقوقHuqūq) -) حقوقHuqūq)

Here are some space-related vocabulary words in Pashto and Dari:

Space

1. Galaxy -) كهكشانKahkeshan) -) كهكشانKahkeshan)

2. Star -) ستارهSitara) -) ستارهSitara)

3. Planet -) سيارهSiyāra) -) سيارهSiyāra)

4. Moon -) سپوږمىSpōẓmī) -) ماهMāh)

5. Sun -) لمرLmar) -) آفتابĀftāb)

Space Exploration

6. Spacecraft -) بېړى فضايي Fazāyī beṛī) -) كشتى فضايي Fazāyī kashtī)

7. Astronaut -) ستورمزلىSuturmizlē) -) فضانوردFazānaward)

8. Mission -) ماموريتMāmūrīyat) -) ماموريتMāmūrīyat)

9. Launch -) پيلنهPēlana) -) پرتابPartāb)

10. Orbit -) مدارMadār) -) مدارMadār)

Celestial Bodies

11. Asteroid -) سیارکSiyārak) -) سیارکSiyārak)

12. Comet -) لکی لرونکی ستوریLakay laronkay sutori) -) دنبالدار ستارهSitara dambalā-dār)

13. Black Hole -) تور سوریTor sori) -) سیاه سوراخSūrākh siyāh)

14. Nebula -) کهکشانی بادلKahkeshanī bādel) -) کهکشانی ابرAbr kahkeshanī)

Here are some economic-related vocabulary words in Pashto and Dari:

Economics

1. Economy -) اقتصادEqtēsād) -) اقتصادEqtēsād)

2. Market -) بازارBāzār) -) بازارBāzār)

3. Supply - ‘) عرضهArẓa) - ‘) عرضهArẓa)

4. Demand -) تقاضاTaqāzā) -) تقاضاTaqāzā)

5. Price -) قیمتQīmat) -) قیمتQīmat)

Financial Terms

6. Money -) پیسيPēsay) -) پولPūl)

7. Currency -) اسعارAsʿār) -) ارزArz)

8. Inflation -) تورمTawaram) -) تورمTawaram)

9. Interest -) سودSūd) -) سودSūd)

10. Investment -) سرمایه گذاريSarmāya guzārī) -) گذاری سرمایهSarmāya guzārī)

Trade

11. Import -) وارداتWāridāt) -) وارداتWāridāt)

12. Export -) صادراتSādarāt) -) صادراتSādarāt)

13. Trade agreement -) توافق تجاریTawāfuq tijārī) -) تجاری توافقTawāfuq tijārī)

14. Tariff -) تعرفهTaʿrifa) -) تعرفهTaʿrifa)

15. Commerce -) تجارتTijārat) -) تجارتTijārat)

Here are some medical-related vocabulary words in Pashto and Dari:

Body Parts

1. Heart - (زړهZrə) - (دلDil)

2. Brain - (مغزMaghz) - (مغزMaghz)

3. Lungs - (ششShash) - (ريهRiya)

4. Liver - (ځيگرDzēgar) - (جگرJigar)

5. Kidney - (گردهGurda) - (کليهKulya)

Medical Terms

6. Doctor - (ډاکترḌāktr) - (داکترDākter)

7. Hospital - (روغتونRōghtūn) - (بيمارستانBīmārestān)

8. Medicine - (درملDarmal) - (دواDawā)

9. Patient - (مريضMarīz) - (مريضMarīz)

10. Diagnosis - (تشخيصTashkhīs) - (تشخيصTashkhīs)

Illnesses

11. Cancer -) سرطانSarṭān) -) سرطانSarṭān)

12. Diabetes -) شکرShakar) -) دیابتDiyābat)

13. Heart attack -) حمله زړهZrə hamla) -) قلبی سکتهSakta qalbī)

14. Stroke -) فلجFalaj) -) مغزی سکتهSakta maghzī)

15. Infection -) انتانIntiyān) - ‘) عفونتAfūnat)

Here are some vocabulary words related to women in Pashto and Dari:

Women's Roles

1. Mother -) مورMūr) -) مادرMādar)

2. Sister -) خورKhwur) -) خواهرKhwāhar)

3. Daughter -) لورLūr) -) دخترDokhtar)

4. Wife -) مېرمنMērmān) -) زنZan)

5. Woman -) ښځهṢakha) -) زنZan)

Women's Health

6. Pregnancy - (حمل Hamal) - (حاملگی Ḥāmelgī)

7. Childbirth - (زیږون Zēṛūn) - (زایمان Zāymān)

8. Menstruation - (میاشتنی Myāshatnī) - (عادت ماهانه ʿĀdat māhāna)

9. Menopause - (یائسگی Yāʾisagī) - (یائسگی Yāʾisagī)

10. Gynecologist - (متخصص نسایی Mutakhassis nisāʾī) - (متخصص زنان Mutakhassis zanān)

Women's Rights

11. Equality - (برابري Barābarī) - (برابری Barābarī)

12. Empowerment - (توانمندي Tawānmundī) - (توانمندسازی Tawānmundsāzī)

13. Freedom - (آزادی Āzādī) - (آزادی Āzādī)

14. Justice - (عدالت ʿAdālat) - (عدالت ʿAdālat)

15. Protection - (حفاظت Hifāẓat) - (حمایت Himāyat)

! Here are some vocabulary words related to men in Pashto and Dari:

Men's Roles

1. Father -) پلار Plār) -) پدر Padar)

2. Brother -) ورور Wrōr) -) برادر Barādar)

3. Son -) زوی Zōy) -) پسر Pisar)

4. Husband -) مېړه Mēṛah) -) شوهر Shawhar)

5. Man -) سړی Sṛī) -) مرد Mard)

Men's Health

6. Prostate -) پروستات Prostāt) -) پروستات Prostāt)

7. Testosterone -) تستسترون Ṭestesterōn) -) تستوسترون Testosteron)

8. Urologist -) اورولوژیست Ōrolōjīst) -) اورولوژیست Urolōjīst)

9. Men's health -) د نارینه وو روغتیا Da nāraynē wu roghtīā) -) سلامت مردان Salāmat mardān)

10. Andrology -) د نارینه وو د ناروغیو پوهه Da nāraynē wu da nārogyo pohah) -

)Androlōjī)

Men's Relationships

آندرولوژی

11. Friendship -) ملگرتیاMalgaratyā) -) دوستیDūstī)

12. Partnership -) شریکSharik) -) زندگی شریکSharik zindagī)

13. Fatherhood -) پلارۍ دDa plārī) -) بودن پدرPadar būdan)

14. Brotherhood -) د ورونو اړیکيDa wrōṛno aṛīkai) -) برادریBarādarī)

15. Mentorship -) لارښوونهLārṣhūna) -) مربیگریMurabīgarī)

Here are some everyday vocabulary words in Pashto and Dari:

Morning

1. Good morning -) سهار به خیرSahār ba kheir) -) صبح بخیرSobh bekheir)

2. Wake up -) راویښ شهRāwesh sha) -) بیدار شوBīdār sho)

3. Breakfast -) ناشتهNāshata) -) صبحانهSobhāne)

Daily Activities

4. Work -) کارKār) -) کارKār)

5. School -) ښوونځیShkūl) -) مکتبMaktab)

6. Eat -) وخورئWakhwurē) -) بخوریدBekhworīd)

7. Drink -) وڅښئWakhshē) -) بنوشیدBenoshīd)

Evening

8. Good evening -) خیر به ماښام Māshām ba kheir) -) بخیر عصر Asr bekheir)

9. Dinner -) مهال شام Shām mehāl) -) شام Shām)

10. Sleep -) خوب Khūb) -) خواب Khwāb)

Common Phrases

11. Hello -) سلام Salam) -) سلام Salam)

12. Goodbye -) خداحافظ Khudā ḥāfeẓ) -) خداحافظ Khudā ḥāfeẓ)

13. Thank you -) مننه Manana) -) تشکر Tashakkur)

14. Yes -) هو Hā) -) بلی Bale)

15. No -) نه Na) -) نه Na)

Here are some restaurant-related vocabulary words in Pashto and Dari:

Menu

1. Menu - (مینو Menū) - (منو Menū)

2. Appetizer - (اشتها آور Ishtahā āwar) - (اشتها آور Ishtahā āwar)

3. Main course - (غذای اصلی Ghazā-ye aṣlī) - (غذای اصلی Ghazā-ye aṣlī)

4. Dessert - (شیرینی Shīrīnī) - (دسر Deser)

5. Drink - (نوشیدنی Nōshīdānī) - (نوشیدنی Nōshīdānī)

Food

6. Bread - (نان Nān) - (نان Nān)

7. Rice - (برنج Burunj) - (برنج Burunj)

8. Chicken - (چرگ Charg) - (مرغ Murgh)

9. Beef - (غوښه Ghūṣha) - (گوشت گاو Gōsht-e gāv)

10. Vegetarian - (گیاه خوار Giyāh khār) - (گیاه خوار Giyāh khār)

Drinks

11. Water - (اوبهŌbha) - (آبĀb)

12. Juice - (شربتSharbat) - (آبمیوهĀb mīwa)

13. Tea - (چایChāy) - (چایChāy)

14. Coffee - (قهوهQahwa) - (قهوهQahwa)

Restaurant Staff

15. Waiter - (پیشخدمتPēsh khidmat) - (گارسونGārson)

16. Waitress - (پیشخدمتPēsh khidmat) - (گارسونGārson)

17. Chef - (آشپزĀshpaz) - (سرآشپزSar āshpaz)

Here are some army-related vocabulary words in Pashto and Dari:

Military Ranks

1. Soldier -) سرتېرى Sartērī) -) سرباز Sar bāz)
2. Officer -) افسر Afsar) -) افسر Afsar)
3. General -) جنرال Janrāl) -) جنرال Janrāl)
4. Colonel -) ډګروال Dagra wāl) -) سرهنگ Sarhang)
5. Captain -) پهلوان جومات Jumāt pahlawān) -) سروان Sarwān)

Military Equipment

6. Rifle -) تفنګ Tufang) -) تفنگ Tufang)
7. Tank -) ټانک Ṭānk) -) تانک Tānk)
8. Helicopter -) هليکوپتر Helīkōptar) -) هليکوپتر Helīkōptar)
9. Uniform -) يونيفورم Yūnīform) -) نظامي لباس Libās nezāmī)
10. Medal -) مډال Maḍāl) -) مدال Medāl)

Military Actions

11. Attack -) حمله Hamla) -) حمله Hamla)
12. Defend -) دفاع Difāʿ) -) دفاع Difāʿ)
13. Patrol -) ګزمه Gazma) -) پاسبانی Pāsbānī)
14. Mission -) مأموريت Maʾmūrīyat) -) مأموريت Maʾmūrīyat)
15. Strategy -) ستراتيژي Stratēgī) -) استراتژی Estrātējī)

Here are some love-related vocabulary words in Pashto and Dari:

Words of Affection

1. Love - (مینه Mīna) - (عشق Eshq)

2. Darling - (گیاره Giyāra) - (عزیز Azīz)

3. Sweetheart - (ښکلی Shkelī) - (دلبر Dilbar)

4. Honey - (شهده Shahda) - (عسل Asal)

5. Beloved - (محبوب Maḥbūb) - (معشوق Maʿshūq)

Romantic Gestures

6. Kiss - (ښکلول Shkelūl) - (بوسه Būsa)

7. Hug - (غېږ Ghēẓ) - (آغوش Āghōsh)

8. Love letter - (د مینې لیک Da mīne lēk) - (نامه عاشقانه Nāma ʿāshiqāna)

9. Date - (ناسته Nāshata) - (قرار ملاقات Qarār mulaqāt)

10. Romance - (ʿعاشقي Āshiqī) - (ʿعاشقی Āshiqī)

Feelings

11. Passion - (شهوت Shahwat) - (شوق Shawq)

12. Desire - (غوښتنه Ghūṣhtana) - (آرزو Ārzū)

13. Longing - (سوز Sōz) - (اشتیاق Ishtiyāq)

14. Tenderness - (نرموالی Narmōālī) - (نرمی Narmī)

15. Devotion - (ʿعبودیت Ibādāt) - (فداکاری Fidākārī)

Here are some apology-related vocabulary words in Pashto and Dari:

Apology

1. Sorry -) بخښنهBakhshna) -) معذرتMaʿzerat)

2. Apologize -) غوښتنه بخښنهBakhshna ghushtana) -) خواهی معذرتMaʿzerat khwāhī)

3. Forgive -) وکړه بخښنهBakhshna wu kṛa) -) ببخشBebakhsh)

4. Regret -) پښيمانيPshēmānī) -) پشیمانیPeshēmānī)

5. Mistake -) تېروتنهTerwatana) -) اشتباهEshtebāh)

Expressions

6. I'm sorry -) غواړم بخښنه زهZah bakhshna ghwāṛam) -) میخواهم معذرت منMan maʿzerat mēkhwāham)

7. My apologies -) بخښنه زماZmā bakhshna) -) میخواهم معذرتMaʿzerat khwāham)

8. Please forgive me -) وبخښه ما "لطفاLutfan mā wu bakhshana) -) ببخش مرا "لطفاLutfen marā bebakhsh)

9. I didn't mean to -) وه نه دا مطلب زماZmā matlab dā na wa) -) نداشتم قصد منMan qasd nadashtam)

10. I regret my actions -) يم پښيمان ښخه کړنو خپل د زهZah de khpal kṛno thān pshēmān yem) - من

) پشیمانم کارهایم ازMan az kārhāyam peshēmān hastam)

Here are some more vocabulary words in Pashto and Dari:

Food

1. Apple -) منهManah) -) سيبSib)

2. Banana -) کيلهKela) -) موزMūz)

3. Rice -) برنجBurunj) -) برنجBurunj)

4. Bread -) نانNān) -) نانNān)

5. Water -) اوبهObha) -) آبĀb)

Travel

1. Hotel -) هوټلHōṭal) -) هتلHotal)

2. Airport -) د الوتکي ډګرDa alawtke ḍagar) -) فرودگاهFarūdgāh)

3. Train -) اورګاډیŌrgāḍay) -) قطارQaṭār)

4. Bus -) بسBas) -) اتوبوسAtōbūs)

5. Taxi -) ټکسيṬaksī) -) تاکسیTāksī)

Shopping

1. Shop -) دوکانDūkān) -) مغازهMaghāza)

2. Buy -) پیرودلPērūdəl) -) خریدنKhareedan)

3. Price -) قيمتQīmat) -) قيمتQīmat)

4. Money -) پيسيPēsē) -) پولPūl)

5. Credit card -) کارډ کریډیټKrēḍīṭ kāṛḍ) -) اعتباری کارتKārt e'tebārī)

Here are some flower-related vocabulary words in Pashto and Dari:

Flowers

1. Rose -) گلGul) -) گلGol)

2. Tulip -) لالهLāla) -) لالهLāla)

3. Sunflower -) د لمر گلDa lmar gul) -) آفتابگردان گلGol āftābgardān)

4. Daisy -) دایزیDāyzī) -) مینا گلGol mīnā)

5. Lily -) سوسنSūsan) -) سوسنSūsan)

Parts of a Flower

6. Petal -) پاڼه گلGul pāṇa) -) گلبرگGolberg)

7. Stem -) ډډḌaḍ) -) ساقهSāqa)

8. Leaf -) پاڼهPāṇa) -) برگBarg)

Flower-Related Phrases

9. "You are beautiful like a flower" -) تا د گل په څېر ښایسته يېTā da gul pa cheṛ shāyista ya) - (تو مثل گل زیبا هستیTo mesl-e gol zībā hasti)

10. "I love flowers" -) زه له گلانو سره مینه لرمZah le gulāno sara mīna larum) –(Man golhā rā dūst dāram)

من گلها را دوست دارم

Here are some winter-related vocabulary words in Pashto and Dari:

Winter

1. Winter -) ژمیZhamay) -) زمستانZameestān)

2. Snow -) واورهWāwra) -) برفBarf)

3. Cold -) سړهSard) -) سردSard)

4. Frost -) یخYakh) -) یخYakh)

5. Ice -) یخYakh) -) یخYakh)

Winter Activities

6. Skiing -) سکایینSkāyīn) -) اسکیAskī)

7. Snowboarding -) بورډ واوريWāwre bōṛd) -) اسنوبردSnōbord)

8. Ice skating -) د یخ پر سر باندې ګرځېدلDa yikh par sar banday gardzedal) -) اسکیت روی یخAskīt rūy yakh)

Winter Clothing

9. Coat -) پالتوPāltū) -) پالتوPāltū)

10. Gloves -) دستکشDastkash) -) دستکشDastkash)

11. Scarf -) شالShāl) -) شالShāl)

12. Hat -) ټوپیṬūpay) -) کلاهKolāh)

Here are some spring-related vocabulary words in Pashto and Dari:

Spring

1. Spring - (پسرلیPasarlay) - (بهارBahār)

2. Flowers - (گلونهGulūna) - (گلهاGolhā)

3. Sunshine - (وړانگه لمرLmar wṛāngə) - (آفتابĀftāb)

4. Green - (شینShīn) - (سبزSabz)

5. Bloom - (کول گلGul kawal) - (شکفتنShekoftehn)

Spring Activities

6. Picnic - (مړونه گلGul marūna) - (نیک پیکPīk nīk)

7. Gardening - (باغداریBāgh dārī) - (باغبانیBāghbānī)

8. Hiking - (تګ غرونو دDa gharūno tag) - (کوهپیماییKūhpīmāyī)

Spring Emotions

9. Hope - (امیدUmīd) - (امیدOmīd)

10. Renewal - (والی نویNaway wālī) - (شدن نوNow shodan)

11. Joy - (خوښيKhwushī) - (شادیShādī)

Here are some fall-related vocabulary words in Pashto and Dari:

Fall

1. Autumn -) منيManī) -) پاییزPāyīz)

2. Leaves -) پاڼيPāṇay) -) برگBarg)

3. Harvest -) حاصل راټولHāsil rāṭwal) -) برداشتBardāsht)

4. Pumpkin -) کدوKadu) -) کدوKadu)

5. Apple -) منهManah) -) سیبSib)

Fall Activities

6. Apple picking -) د منو ټولولDa maṇo ṭōlwal) -) سیب چینیSīb chīnī)

7. Hayride -) د وښو بار وړونکی ګاډیDa wusho bār wṛūnki gāḍay) -) گاری اسبGārī asb)

8. Pumpkin carving -) د کدو ځیرې کولDa kadu chērē kawal) -) کدو کاریKadu kārī)

Fall Emotions

9. Cozy -) گرم او آرامGaram aw ārām) -) گرم و دنجGarm wa danc)

10. Nostalgic - nostalgic (Nostaljik) -) نوستالژیکNūstāljīk)

Here are some summer-related vocabulary words in Pashto and Dari:

Summer

1. Summer - (اوړی Oray) - (تابستان Tābestān)

2. Sun - (لمر Lmar) - (آفتاب Āftāb)

3. Heat - (گرمی Garamī) - (گرمی Garmī)

4. Beach - (سمندر غاړه Samandar ghāṛa) - (ساحل Sāhel)

5. Vacation - (رخصتیا Rakhshatīā) - (تعطیلات Taʿṭs)

Summer Activities

6. Swimming - (لامبل کی Lāmbal kay) - (شنا کردن Shinā kardan)

7. Surfing - (څپې موج تگ Tsapē moj tag) - (موج سواری Mōj sawārī)

8. Hiking - (د غرونو تگ Da gharūno tag) - (کوهپیمایی Kūhpīmāyī)

9. Camping - (کیمپنگ Kēmping) - (چادر زدن Chādor zadan)

Summer Foods

10. Ice cream - (آیسکریم Āyskrim) - (بستنی Bastani)

11. Watermelon - (هندوانه Hendawana) - (هندوانه Hendawana)

12. BBQ - (باربی کیو Bārbī kyū) - (کباب پزی Kebab pazī)

Here are some hospital-related vocabulary words in Pashto and Dari:

Hospital

1. Hospital -) روغتون Rōghtūn) -) بیمارستان Bīmārestān)

2. Doctor -) ډاکټر Ḍāktr) -) داکتر Dākter)

3. Nurse -) نرس Ners) -) پرستار Parastār)

4. Patient -) مریض Marīz) -) مریض Marīz)

5. Medicine -) درمل Darmal) -) دوا Dawā)

Medical Procedures

6. Surgery -) جراحي Jarāḥī) -) جراحی Jarāḥī)

7. Examination -) معاینه Maʿāyana) -) معاینه Maʿāyana)

8. Diagnosis -) تشخیص Tashkhīs) -) تشخیص Tashkhīs)

9. Treatment -) درملنه Darmalna) -) درمان Darmān)

10. Medication -) دوا Dawā) -) دوا Dawā)

Hospital Departments

11. Emergency -) اورژانس Ōrjāns) -) اورژانس Ōrjāns)

12. ICU - ICU (ICU) -) بخش مراقبت های ویژه Bakhash marāqbat hā ye vīze)

13. Operating Room -) جراحی خونه Jarāḥī khāna) -) اتاق عمل Oṭāq ʿamal)

Here are some school-related vocabulary words in Pashto and Dari:

School

1. School -) ښوونځی (Shkūl) -) مکتب (Maktab)

2. Teacher -) ښوونکی (Shkūnkī) -) معلم (Muʿallim)

3. Student -) زده کوونکی (Zada kūnki) -) شاګرد (Shāgird)

4. Classroom -) ټولګی (Ṭūlgay) -) صنف (Sinf)

5. Principal -) مدیر (Mudīr) -) مدیر (Mudīr)

Subjects

6. Math -) ریاضی (Ryāzī) -) ریاضی (Ryāzī)

7. Science -) ساینس (Sāyens) - ʿ) علم (Ilm)

8. English -) انګلیسي (Anglisī) -) انگلیسی (Anglisī)

9. History -) تاریخ (Tārīkh) -) تاریخ (Tārīkh)

10. Geography -) جغرافیه (Joghrāfīya) -) جغرافیا (Joghrāfiyā)

School Supplies

11. Pen -) قلم (Qalam) -) خودکار (Khudkār)

12. Pencil -) پنسل (Pansal) -) مداد (Medād)

13. Book -) کتاب (Kitāb) -) کتاب (Kitāb)

14. Bag -) بکس (Baks) -) بکس (Baks)

Here are some technology-related vocabulary words in Pashto:

Hardware

1. Computer -) کمپیوټر (Kampyūṭar)

2. Phone -) ټیلیفون (Ṭelīfon)

3. Internet -) انټرنیټ (Anṭernet)

4. Software -) ساوتري (Sāwtari)

5. Processor -) پروسسر (Prōsisar)

Internet and Networking

1. Network -) شبکه (Shabaka)

2. Wi-Fi -) وای فای (Wāy Fāy)

3. Email -) بریښنالیک (Brešnalik)

4. Website -) ویب سایټ (Websāyṭ)

5. Browser -) براوزر (Brāwzar)

Software and Applications

1. App -) اپلیکیشن (Aplikīshn)

2. Program -) پروګرام (Prōgrām)

3. Game -) لوبه (Luba)

4. Video -) ویډیو (Wīdyū)

5. Photo -) عکس (Akhs)

نمونه گفتگو:

- *انگلیسی:*

Parent: How was your day?

Child: It was good, thanks.

- *فارسی:*

- والدین: امروزت چطور بود؟ - فرزند: خوب بود، ممنون.

- *پشتو:*

- والدین: نن دې ورځې څنګه وه؟

- ماشوم: ښه وه، مننه.

. *نتیجهگیری کتاب به سه زبان: انگلیسی، فارسی و پشتو

انگلیسی:

In conclusion, this book aims to provide essential everyday conversations in English, Persian, and Pashto. Our goal is to empower readers with the language skills needed to navigate various situations effectively. We hope this book serves as a valuable resource for those seeking to improve their language proficiency and cultural understanding

فارسی:

در پایان، این کتاب تلاش کرده است تا مکالمات روزمره ضروری به زبانهای انگلیسی، فارسی و پشتو را ارائه دهد. هدف ما توانمندسازی خوانندگان با مهارتهای زبانی مورد نیاز برای گذر از موقعیتهای مختلف است. امیدواریم این کتاب به عنوان منبعی ارزشمند برای کسانی که به دنبال بهبود مهارتهای زبانی و درک فرهنگی هستند، مفید واقع شود.

پشتو:

په پای کې، دا کتاب هڅه کړې چې ورځني اړین خبرو اترو ته په انګلیسي، فارسي او پښتو ژبو کې وړاندې کړي. زموږ هدف دا دی چې لوستونکي د ژبنی مهارتونو له مخې پیاوړي کړو تر څو وکولی شي په بېلابېلو حالاتو کې له ځانه دفاع وکړي. موږ هیله لرو چې دا کتاب به د هغو کسانو لپاره چې د ژبنی مهارتونو او کلتوري پوهې د ښه کولو په لټه کې دي، ګټور تمام شي

نتیجهگیری کتاب به سه زبان: انگلیسی، فارسی و پشتو

انگلیسی:

In conclusion, this book aims to provide essential everyday conversations in English, Persian, and Pashto. Our goal is to empower readers with the language skills needed to navigate various situations effectively. We hope this book serves as a valuable resource for .those seeking to improve their language proficiency and cultural understanding

فارسی به الفبای انگلیسی:

Dar payan, in ketab talash karde ast ta mokalemate rozmareh zarori be zabane Englisi, Farsi va Pashto ra aryeh dahad. Hadafe ma tavanmand sakhtane khaandegan ba maharate zabani mored niyaz baraye gozashte az movaqeate mukhtalef ast. Omidvarim in ketab bah onanei ke donbale behbude maharate zabani va darke farhangi hastand, mofid vaqe .shavad

پشتو به الفبای انگلیسی:

Phe paayan ke, da book hkhche karde shuwe ast ta wratsay nizhe khabray atray phe Enghlisi, Pashot va Farsy ke warkhali kray. Hur da mozo da khalayak da pa sandakhtloi zhebano da maharat lane razmy awry. Moje ke da book da haya tsok lari ke da zhebano da .maharat ano wakhto khe waki baghe mane da kltenro pah ohany warkhali khe ghan tel lari

www.ingramcontent.com/pod-product-compliance
Lightning Source LLC
Chambersburg PA
CBHW070827250626
47170CB00006B/2239
* 9 7 9 8 8 9 3 9 7 9 4 2 8 *